M. Courchesne

W0027783

Alain Ruiz

Ian Flibus

L'écumeur des mers

L'ESCARBOUCLE DES SAGES

TOME V

Catalogage avant publication de Bibliothèque et Archives nationales du Québec et Bibliothèque et Archives Canada

Ruiz, Alain, 1969-

L'escarboucle des sages

(Ian Flibus, l'écumeur des mers ; 5)
Pour les jeunes de 9 ans et plus.

ISBN 978-2-89595-379-1

I. Titre. II. Collection: Ruiz, Alain, 1969- . Ian Flibus, l'écumeur des mers ; 5.

PS8585.U528E72 2009 jC843'.6 C2008-942628-2
PS9585.U528E72 2009

© 2009 Boomerang éditeur jeunesse inc.

Tous droits réservés. Aucune partie de ce livre ne peut être copiée ou reproduite sous quelque forme que ce soit sans la permission de Copibec.

Auteur : Alain Ruiz
Illustrations : Sardine Productions
Graphisme : Julie Deschênes

Dépôt légal — Bibliothèque et Archives nationales du Québec, 1er trimestre 2009

ISBN 978-2-89595-379-1

Gouvernement du Québec — Programme de crédit d'impôt pour l'édition de livres — Gestion SODEC

Boomerang éditeur jeunesse remercie la SODEC pour l'aide accordée à son programme éditorial.

Nous reconnaissons l'aide financière du gouvernement du Canada par l'entremise du Programme d'aide au développement de l'industrie de l'édition (PADIÉ) pour nos activités d'édition.

Imprimé au Canada

ASSOCIATION NATIONALE DES ÉDITEURS DE LIVRES

À mes trois moussaillons,
Valentin, Laurayne et Kimberly

Table des matières

La Fleur de lys

UN JOURNAL PAS SI INTIME

Cher journal de bord intime,

J'ai trouvé ma journée d'hier vraiment très étouffante. Oh, ce n'était pas tant à cause de la chaleur qui sévit ces derniers jours ; non, c'est surtout mon père qui n'a pas cessé de me faire la morale. C'est bien simple, je ne le comprends plus depuis qu'il a accepté toutes ces concessions avec l'équipage. J'en suis rendue au point où je commence sérieusement à regretter notre petite vie tranquille d'avant. Certes, ce n'était pas toujours facile pour notre colonie, mais au moins, on était libres d'aller où bon nous semblait sur le bateau, et sans aucune restriction. Mais là, on ne peut quasiment plus rien faire… On n'a plus le droit de se servir seul dans les provisions… On ne peut pas entrer dans la cabine du capitaine autrement que par la porte principale. En plus, on est obligés de frapper pour s'annoncer. Et on ne peut même pas entrer durant son absence, par respect de la vie privée d'autrui, nous a-t-on dit. Tu parles d'une vie pour des rats ! Bon, d'un autre côté, je reconnais que nous avons obtenu une juste part du rationnement de la nourriture et de l'eau douce qui ne manque pas grâce à l'ingénieux système des deux savants. Par ailleurs, nous n'avons plus à subir ces attaques perpétuelles pour nous chasser du navire. Nous avons même un droit de parole sur les décisions importantes de l'équipage, ce qui est loin de me déplaire, je l'admets… Mais que mon père m'empêche de sortir sur le pont après la tombée de la nuit, eh bien, je ne trouve pas ça juste ! Mais vraiment pas ! Je ne peux même pas aller dormir avec mes amies dans l'enclos des animaux. Je lui ai pourtant bien dit qu'on ne ferait rien de mal, à part discuter; mais non, il ne veut rien entendre. Par contre, Castorpille, elle, a le droit de dormir où elle veut, et même de rester éveillée toute la nuit si elle le souhaite. Or, moi, je n'ai droit qu'à vingt minutes de lecture avec la lanterne que nous a fournie l'équipage. Après, c'est l'extinction des feux...

Ratasha s'apprêtait à continuer la rédaction de son journal quand elle sentit une présence derrière elle.

— Qu'est-ce que tu fais ? lui demanda Castorpille.

— Oh ! je décris ma journée d'hier dans mon journal de bord intime. Comme j'ai très peu de temps le soir, eh bien, je le fais le lendemain matin.

— Je peux voir ce que tu as écrit ?

— Mais non, voyons, puisque c'est intime ! s'empressa de répondre la rate en posant sa patte par-dessus son journal pour empêcher son amie de lire.

— Hé, mais tu parles de moi ! s'exclama Castorpille. J'ai aperçu mon nom. Allez, Ratasha, dis-moi ce que tu as écrit, s'il te plaît !

— Non, ça ne se fait pas !

— Bon, comme tu voudras, acquiesça le castor femelle d'un air malicieux avant de crier. ATTENTION DEVANT TOI !

Ratasha tourna naïvement la tête, laissant aussitôt le champ libre à son amie pour lui prendre son journal.

— HÉ ! RENDS-LE-MOI !

— Ah ! ah ! trop tard. Tu aurais dû me dire ce que tu avais écrit ! se réjouit Castorpille en jetant aussitôt son regard sur la page. Bon, voyons... Que racontais-tu sur moi ? J'espère au moins que tu ne disais rien de mal...

— NON, JE TE DÉFENDS DE LIRE ! se fâcha cette fois Ratasha en se jetant brusquement sur son amie.

Ne s'attendant pas du tout à un tel assaut, Castorpille perdit l'équilibre et se retrouva étalée sur le dos. Dans sa chute, elle laissa échapper le journal qui glissa sur le plancher avant de s'arrêter dans l'enclos des animaux.

— Tiens ! Mais qu'est-ce que c'est ? s'étonna Topaze en replaçant ses lunettes, que lui avait récemment prescrites le docteur Rogombo après avoir diagnostiqué chez lui une mauvaise vue. Ho ! mais on dirait du chocolat ! Je ne savais pas qu'il en existait sous forme de tablette[1].

Sans plus attendre, le cochon d'origine autrichienne se saisit prestement de cette denrée providentielle.

— TOPAZE, ATTENDS ! l'arrêta Ratasha en entrant dans l'enclos. Tu t'apprêtes à manger mon journal de bord intime.

— Ah, bon ! Tu en es sûre ? demanda Topaze avant de mordre généreusement…

— NOOOOOON ! hurla la jeune rate en manquant de s'évanouir.

— Pff ! pff ! beurk ! mais ce n'est pas du chocolat ! s'indigna Topaze en recrachant le journal peu ragoûtant. J'aurais pourtant juré que c'en était !

— Tu vois, j'avais raison. Allez, rends-le-moi !

---

[1] Le premier chocolat noir à croquer a été produit en 1821 par l'Anglais John Cadbury.

— NON, TOPAZE ! NE L'ÉCOUTE PAS ! cria cette fois Castorpille en levant ses pattes avant. Lance-le plutôt vers moi. Je veux voir ce qu'elle a écrit à mon sujet.

Soudain hésitant, le cochon autrichien lança finalement le petit livre à sa voisine, Sésame, qui l'attrapa en plein vol avec sa gueule. Amusée, la chèvre regarda tour à tour ses amis et l'envoya ensuite à Margarete, la vache laitière.

— S'il vous plaît, les filles, rendez-le-moi maintenant ! Ne soyez pas vaches !

— Ça, pour être vaches, tu peux le dire avec Margarete ! fit remarquer Topaze avant de partir à rire, vite suivi par Sésame et Castorpille.

À son tour, la vache laitière relança le journal à la chèvre, qui le repassa aussitôt au cochon. Le petit jeu continua ainsi un moment, tandis que Ratasha tentait désespérément de récupérer son bien. Elle avait beau sauter, c'était peine perdue en raison de la taille de ses camarades. Toutefois, elle ne se découragea pas pour autant et réfléchit rapidement à une nouvelle tactique.

— Bon, d'accord, vous pouvez le donner à Castorpille, déclara-t-elle tout à coup en faisant mine de s'éloigner, mais en jetant un regard discret vers Margarete qui tenait son journal.

Déçue par cet abandon, la vache laitière lança finalement le précieux livre en direction de Castorpille. Alertée, Ratasha bondit aussitôt sur son amie qui avait déjà ses pattes levées, prête pour la réception. Malheureusement, dans sa manœuvre, elle contraignit le castor à reculer vers les poules, qui s'affolèrent brusquement en battant des ailes. Ratasha et Castorpille tentèrent de s'emparer du journal, mais elles ne firent que l'effleurer avant de le voir passer par l'ouverture d'un sabord.

— OH, NON, MON JOURNAL ! s'alarma Ratasha, horrifiée, en sautant prestement sur le rebord du sabord.

La jeune rate dirigea son regard vers la surface de l'eau et vit un goéland faire un plongeon et attraper son journal en plein vol, juste avant qu'il tombe dans l'eau. L'oiseau remonta rapidement et disparut de son champ de vision.

— Sur le pont, vite ! s'écria Ratasha en filant vers le monte-charge. J'ai peut-être encore une chance de le récupérer.

— Attends, je viens avec toi !

Castorpille se dépêcha de rejoindre son amie. Arrivées sur le pont supérieur, elles virent aussitôt le goéland survoler le navire avant de se poser sur la plus haute vergue du grand mât.

— Comment va-t-on s'y prendre pour monter là-haut ? demanda la femelle castor.

— Laisse-moi faire, répondit Ratasha. Attends-moi là ! Si cet oiseau reste perché suffisamment longtemps, je pourrai l'atteindre et le forcer à relâcher mon journal.

La jeune rate ne perdit pas un seul instant et grimpa sur le premier cordage.

Pendant ce temps, sur son pavillon noir, la Tête de mort de *La Fleur de lys* observait paisiblement l'horizon, le crâne posé sur ses deux mains squelettiques. La présence du goéland attira son attention.

« Tiens ! Que vois-je dans le bec de cet oiseau ? »

Sans plus attendre, la Tête de mort, piquée par la curiosité, se saisit de sa longue-vue et la pointa aussitôt.

« On dirait un livre ! Mmm ! voilà qui est étrange. Que je sache, les goélands n'ont guère d'intérêt pour la lecture ! La seule chose qui les motive, c'est de manger... De vrais voraces, ces oiseaux ! J'en sais quelque chose, car à l'heure de la pêche, on peut être certain qu'ils sont toujours là, à l'affût, prêts à s'approprier nos prises. Ah ! pour ça, ils ont l'œil, les goélands ! Ils se fichent des efforts fournis par les pêcheurs pour attraper des poissons. C'est bien simple, pour eux, tout est bon à être englouti. Je ne serais donc pas surprise que celui-ci ait volé ce livre en le confondant avec de la nourriture. Je me demande cependant à qui il peut bien appartenir. Au capitaine, peut-être ? Non, le sien est plus volumineux… Ce qui est sûr, c'est qu'il n'est pas à moi. Tous mes livres sont enfermés dans ma bibliothèque. Et puis, je n'en ai pas de semblable, à part le journal intime que m'a légué ma grand-mère et que je garde précieusement dans le… »

Les orbites brusquement élargies sous l'effet de la panique, la Tête de mort manqua de perdre connaissance. Le temps de se ressaisir, elle entra dans son drapeau pour vérifier si son livre était toujours à sa place. Ne le trouvant pas dans le tiroir de son secrétaire, elle mit tout sens dessus dessous pour finalement réaliser qu'elle avait été victime d'un effroyable vol. Songeant alors à ce goéland, elle ressortit sur-le-champ et fut soulagée de le voir toujours perché sur la vergue, légèrement en contrebas.

« Je ne dois surtout pas l'effrayer, sinon je peux dire adieu à mon précieux journal. J'y tiens beaucoup ! Quand je l'ai lu pour la première fois, il m'a tellement émue que j'ai décidé de le lire tous les ans à la date d'anniversaire de grand-mère. Pour sûr, je ne pourrais supporter l'idée de le savoir perdu à tout jamais. Il ne me reste donc qu'à trouver le moyen de convaincre ce stupide oiseau de me le rendre. Mmm ! et si je lui faisais le coup de la fable du corbeau et du renard[2]... Il me suffit d'adapter quelques mots et le tour est joué... Oui, c'est ça ! »

Sans plus attendre, la brillante Tête de mort empoigna son épuisette et la déploya doucement. Grâce à sa rallonge fixée au manche, elle la plaça en toute discrétion sous la vergue pour récupérer le livre au moment où le goéland ouvrirait son bec. Elle se remémora ensuite la fable du poète puis, sous l'inspiration, elle commença la narration d'une voix claire et fleurie :

---

[3] Les fables du poète grec Ésope (VIe siècle avant J.-C.), dont celle du corbeau et du renard, ont inspiré de nombreux fabulistes. Elles ont notamment été reprises par Phèdre, qui les a traduites en latin au 1er siècle après J.-C. et qui fut l'inspirateur direct des fabulistes du XVIIe, dont Jean de La Fontaine (1621-1695).

Maître Goéland, sur un mât perché,
Tenait en son bec un journal intime.
Maître Pavillon, par l'impatience alléché,
Lui tint à peu près cette rime…

Reprenant son souffle, la Tête de mort interpréta enfin la partie flatteuse de la fable d'une manière théâtrale, en articulant bien chaque mot :

Hé ! bonjour, monsieur du Goéland.
Que vous êtes érudit !
Que vous me semblez brillant !
Sans mentir, si la splendeur de votre image,
Se rapporte à la grandeur de votre œsophage,
Vous êtes le Phénix des hôtes de ce bateau.

La Tête de mort de *La Fleur de lys* s'arrêta en espérant que son intervention aurait l'effet escompté. Angoissée, elle observa l'oiseau quelques instants, mais ne notant aucune réaction particulière, elle enchaîna :

« Ohé, du Goéland ! En écoutant ma jolie fable, tu étais censé ouvrir ton bec pour me montrer ta belle voix. Or, j'attends toujours là !

HOU, HOU ! Y A QUELQU'UN ? Pff ! j'en étais sûre ! Jean de La Fontaine aurait dû préciser que la flatterie ne marche guère avec les goélands. La preuve, tu leur parles gentiment et ils t'ignorent complètement. Ces oiseaux-là n'ont aucun savoir-vivre, c'est clair. Non seulement ils nous volent le fruit de notre pêche, mais, en plus, ils nous déversent leur fiente sans la moindre gêne. Je ne compte même plus les fois où j'ai été assaillie par leurs excréments. Quand on se rapproche des côtes, il ne se passe pas un seul jour sans que je doive laver mon drapeau. Une chance que je suis bien équipée avec mon produit nettoyant qui enlève toutes les taches tenaces. Je m'en sers même pour astiquer mes os et le vieux fémur de grand-mère. Normal, c'est un produit BIO pour *Blanchiment Instantané des Os*. Cela dit, ce n'est vraiment pas amusant de passer ses journées à nettoyer son drapeau par la faute de ces maudits oiseaux. JE LES DÉTESTE ! »

Exaspérée par tant d'indifférence à son égard, la Tête de mort s'emporta en manœuvrant sa longue épuisette pour se saisir du goéland :

« STUPIDE VOLATILE ! TU L'AURAS CHERCHÉ ! »

Ratasha arriva au même moment sur la plus haute vergue du grand mât et vit avec horreur le goéland s'envoler pour éviter le piège de l'épuisette. Prête à tout pour récupérer son journal intime, la jeune rate sauta alors dans le vide et s'agrippa in extremis à l'oiseau qui, sous la panique, ouvrit cette fois son bec et relâcha le livre. Pire encore, la plume à laquelle elle s'était accrochée s'arracha brusquement et l'entraîna aussitôt vers le bas.

Castorpille, qui avait suivi toute la scène depuis le pont, ne put s'empêcher de crier en voyant son amie chuter, tandis que le journal intime percuta une enfléchure avant de plonger droit sur le pont. Ratasha tomba elle aussi sur la même corde transversale, mais elle put s'y retenir avant de se laisser glisser jusqu'à la base du mât de misaine.

Confortablement assis sur un tonneau, un marin qui venait de recharger son pistolet reçut le livre directement sur son avant-bras et appuya accidentellement sur la détente. La balle en plomb partit aussitôt et sectionna la pipe de Mumbai avant de ricocher sur la cloche du navire et de trouer la chemise tout juste reprisée de Yasar, qui tenait le vêtement de côté. Le projectile ne s'arrêta pas pour autant. Il fut de nouveau dévié par un objet métallique et fila dans la cabine du commandant. Prenant paisiblement son thé, le capitaine Kutter suspendit brusquement son geste en entendant les ricochets siffler près de ses oreilles. Il resta bouche bée en voyant tout à coup sa tasse voler en éclats et déverser son contenu sur sa tunique. Pendant ce temps, la balle continua sa folle trajectoire en ressortant de la cabine pour traverser de nouveau le pont. Elle sectionna au passage la ceinture de Martigan, qui s'abaissa prestement en sentant son pantalon tomber sur ses genoux. Dans son geste, il poussa cependant Porouc avec ses fesses et le fit basculer par-dessus bord. La panique s'empara aussitôt de tout l'équipage, ce qui n'aida pas Ratasha dans sa tentative pour récupérer son journal de bord intime. Comme elle était sur le point de l'attraper enfin, un matelot passa et poussa le livre avec son pied, tandis que la balle était déjà rendue dans la coquerie. Après un ricochet, elle traversa de part en part la marmite remplie d'eau que tenait le chef Piloti, puis elle sectionna une chaîne du support à casseroles, ces dernières provoquant un vacarme du tonnerre en tombant sur le plancher. Moustache, le chat, qui se trouvait dans les parages, sursauta sous l'intensité du choc et sortit de la cuisine presque aussi vite que la balle. En perte de vitesse, celle-ci rebondit encore et finit sa course dans la chope de Cenfort, qui avait baissé le coude un instant en observant tout ce remue-ménage. Sachant très bien que ses visions ne pouvaient être causées par du rhum non alcoolisé, il reprit finalement une gorgée sans se soucier plus longtemps de toute cette agitation. Il ne s'attendit toutefois pas à trouver une balle dans sa chope. Il la recracha sur-le-champ et l'envoya directement dans la main du marin assis juste à côté.

— Hé, mais c'est ma balle ! s'exclama soudain le matelot qui avait accidentellement tiré avec son pistolet. Eh bien, ça alors ! Si je m'attendais à ce qu'elle revienne toute seule dans ma main. C'est hallucinant ! Je devrais sans doute y voir un bon présage pour moi.

Sur le pont, quelques marins cherchaient encore à se mettre à l'abri tandis que Ratasha tentait toujours de mettre la patte sur son journal intime au risque d'être piétinée. Le précieux livre fut poussé plusieurs fois du pied par les membres d'équipage courant en tous sens. Il glissa finalement vers l'une des ouvertures du bastingage, mais Castorpille jaillit au dernier moment et l'attrapa avant qu'il tombe à la mer.

2

LES NAUFRAGÉS HOLLANDAIS

Le capitaine Kutter sortit vivement de sa cabine pour mettre fin au désordre et exigea des explications sur l'incident, tandis que le malheureux Porouc était secouru. Chacun y alla de sa version, plus ou moins embellie.

— Ce n'est pas ma faute ! expliqua le marin à l'origine du tir de pistolet. Un morceau du ciel m'est tombé sur le bras au moment où je rechargeais mon arme. Ensuite, le coup est parti tout seul.

— N'importe quoi ! coupa Yasar. Tu aurais pu trouver une autre excuse pour justifier ta maladresse. Regarde ce que tu as fait à ma chemise ! Je venais tout juste de la repriser, et je me retrouve avec deux nouveaux trous maintenant. Ils sont si gros que je pourrais presque y passer mon bras de part en part…

L'exagération du marin suscita quelques rires.

— Et moi, alors! intervint à son tour Martigan en retenant le haut de son pantalon. Voyez ce qui est arrivé à ma ceinture! Je n'ai plus qu'à la jeter maintenant… Vous savez au moins combien je l'ai payée? Elle m'a coûté les yeux de la tête…

— Tu veux dire que c'est pour cette raison que tu es devenu borgne? plaisanta Le Bolloch en relançant une nouvelle vague de rires.

Mumbai y coupa court cependant:

— Vous allez arrêter, oui! Elles sont loin d'être drôles, vos remarques. Et vous deux, là, vous ne trouvez pas que vous exagérez un peu? Toi, Yasar, avec ta chemise et ses deux trous aussi gros qu'un bras, et puis quoi encore? Tu pourrais peut-être y passer ta tête et tout ton corps pendant que tu y es. Et puis l'autre, Martigan, cette écrevisse de rempart. Elle ne t'a pas coûté un seul sou, ta ceinture de pacotille, je le sais. Tu l'as troquée l'année dernière contre de vieilles chaussures. Je m'en souviens très bien, c'était dans une taverne de Liverpool. Je me trouvais assis tout près du gars avec qui tu as conclu l'échange. Alors, je t'en prie, ne raconte pas n'importe quoi ! Toi, tu pourras troquer une autre ceinture contre l'œil qui te reste, si tu veux. Ce n'est pas du tout pareil pour moi en ce qui concerne ma pipe...

— Mais qu'est-ce que tu racontes, Mumbai ? rétorqua à son tour Yasar. Nous savons tous ici que tu ne fumes pas. Tu fais seulement semblant, voilà tout. Cette pipe n'est donc pas une grosse perte pour toi...

— Alors là, je t'arrête, l'ami ! D'accord, je ne fume pas, mais je tenais beaucoup à cette pipe. Elle me venait de mon père.

Du haut de son pavillon noir, la Tête de mort, attentive à la discussion, compatit aussitôt :

« Je comprends tout à fait ce que peut ressentir Mumbai. Certains objets sont souvent les seuls liens qui nous rattachent encore à nos chers disparus. J'en sais quelque chose, car dans mon drapeau j'ai toujours la dent que mon père a perdue la fois où j'ai voulu jouer avec son crâne pendant qu'il dormait. J'étais jeune à cette époque, mais je m'en souviens comme si c'était hier. C'est le jour où j'ai découvert les lois de la gravité. Il faut dire que j'étais déjà bien éveillée pour mon âge. C'est sans doute pourquoi mon père ne s'est pas fâché contre moi pour avoir jeté son crâne du premier étage. Il m'a cependant confié la dent qu'il avait perdue sous le choc en me disant qu'elle me rappellerait de prendre soin des affaires d'autrui tout autant que des miennes. Voilà comment j'ai hérité d'une dent, et de bien d'autres choses encore. Pour vous dire, j'ai toujours les ferrets de diamants de ma mère. Ils appartiennent à notre famille depuis des générations. L'un de nos ancêtres les aurait trouvés dans les excréments d'un lion qui les avait sans doute avalés par mégarde en dévorant sa malheureuse victime. Et comme le drame s'était produit dans une arène romaine, ma famille a trouvé juste de nommer ce collier *les ferrets de l'arène*. Je me souviens que ma mère les cachait dans du crottin de cheval pour dissuader les voleurs de s'en emparer. Elle serait d'ailleurs fière de moi aujourd'hui, car j'ai suivi son exemple. Voilà pourquoi il se dégage quelquefois une senteur légèrement relevée de mon pavillon. Mais si c'est le prix à payer pour préserver mon héritage des brigands, eh bien, je l'accepte sans la moindre hésitation. On n'est jamais trop prudent. Les bijoux de famille, c'est sacré. En passant, j'ai aussi le crachoir en laiton de mon grand-père ! Je crois même qu'il n'a pas été nettoyé après sa dernière utilisation. En l'examinant, on y trouverait à coup sûr son ADN : *Acide Dégoûtant et Nauséabond*. Et puis, il y a le vieux fémur de grand-mère. Ah ! le fémur de grand-mère… C'est sans doute le bien le plus précieux de mon héritage. Oh ! je suis également très attachée à son journal intime, mais son fémur c'est… OH, BONTÉ DIVINE ! LE JOURNAL INTIME DE GRAND-MÈRE ! J'avais failli oublier qu'on me l'avait dérobé… Ce stupide goéland l'a fait tomber sur le pont quand Ratasha a sauté sur lui… Ah ! on peut dire qu'elle ne m'a pas été d'une grande aide, celle-là ! Mais qu'est-ce qui lui a pris de monter jusqu'ici ? Cette jeune insouciante a mis en péril toute mon opération. Comment vais-je m'y prendre maintenant pour récupérer le journal intime de grand-mère ? »

La Tête de mort pointa sans plus attendre sa longue-vue vers le bas, à la recherche du précieux livre sur le pont, au moment où le capitaine Kutter s'adressait à l'équipage. Rassuré de voir qu'il n'y avait pas eu de blessés, il classa l'affaire comme un regrettable accident. Il ne chercha même pas à investiguer davantage, étant donné que le mystérieux projectile tombé du ciel était introuvable. Il exigea ensuite la reprise immédiate du travail et retourna dans sa cabine pour changer sa tunique tachée de thé.

Le calme revint rapidement à bord, tandis que *La Fleur de lys* continuait sa route au large d'une île déserte des Caraïbes. Dissimulées derrière le grand mât, Ratasha et Castorpille soufflèrent de soulagement en constatant qu'on ne les tiendrait pas pour responsables de l'incident.

— Je te remercie infiniment, Castorpille. Sans ton intervention, je pouvais dire adieu à mon journal intime.

— Bah ! tu n'as pas à me remercier. C'était la moindre des choses. Si je ne m'étais pas entêtée à vouloir le lire, rien de tel ne serait arrivé. Après tout, je n'avais pas à connaître son contenu. C'était très déplacé de ma part, et je te prie de bien vouloir m'en excuser...

Touchée par ces paroles, la jeune rate confia finalement à son amie ses états d'âme et ce qu'elle avait écrit à son sujet.

— Je pourrais aller voir ton père pour lui en parler, si tu veux. Peut-être qu'il finira par accepter de te laisser sortir un peu le soir pour venir dormir avec nous, dans l'enclos.

— Tu ferais ça pour moi ?

— Et comment ! Entre amies, il est normal de s'entraider.

Ravis, les deux rongeurs se regardèrent d'un air complice tout en se touchant la patte. En s'écartant du mât patte dessus, patte dessous, elles furent aperçues par la Tête de mort, qui scrutait le pont depuis un moment déjà.

« Ho ! voilà enfin le journal ! s'écria-t-elle en pointant sa longue-vue sur la jeune rate à découvert. C'était donc Ratasha, la véritable voleuse. Ainsi, elle était montée jusqu'ici dans le but de reprendre le livre à ce goéland de malheur. Tout s'explique maintenant. Mais comment a-t-elle pu entrer dans mon drapeau sans que je puisse la voir ou l'entendre ? Mon système d'alarme est à toute épreuve. Personne ne peut le franchir sans déclencher les redoutables pièges que j'ai mis au point. Pourtant, il semblerait bien que Ratasha soit parvenue à les éviter. Cette jeune rate est une petite maligne, de toute évidence. J'aurais dû davantage me méfier d'elle. Après tout ce que j'ai fait pour elle et sa colonie, voilà comment elle me remercie, cette ingrate. En tout cas, elle ne va pas s'en tirer aussi bien, c'est moi qui vous le dis ! »

Apercevant tout à coup le chat tigré, l'intrépide Tête de mort reposa sa longue-vue et mit aussitôt son plan à exécution. Sans perdre de temps, elle déploya un interminable tuyau et le fit descendre le long de son mât. Une fois qu'elle en eut atteint le pont, elle attrapa une épaisse pelote de laine et la jeta tout près de Moustache. Persuadée que le jeune chat n'y résisterait pas, elle l'attira progressivement jusqu'à l'extrémité de son tuyau. Elle s'empressa alors de lui commander d'une voix ferme :

« Bonjour, Moustache. Cette nouvelle mission, si vous l'acceptez, consistera à me rapporter le précieux journal intime de grand-mère dérobé par la cruelle Ratasha. Il n'est pas exagéré de vous dire que le sort de l'humanité dépend du succès de votre intervention. Ce journal contient des informations qui, entre les mains d'êtres malveillants, pourraient entraîner un chaos sans précédent dans notre monde encore jeune et fragile. Bien entendu, si vous ou un membre de votre équipe veniez à être capturé, je nierais toute participation à cette action. Bonne chance, Moustache. Ce message s'autodétruira dans les cinq secondes selon le procédé habituel. »

Limitée par le temps, la Tête de mort se dépêcha de prendre son boulet et d'allumer l'amorce quand un cri d'alerte la saisit d'effroi :

— CANOT ! CANOT À TRIBORD !

La déflagration qui suivit peu après au niveau du pavillon souffla si fortement que le marin à la vigie manqua de basculer du grand mât.

— Mais d'où venait cette explosion ? demanda aussitôt Flibus, depuis le poste de commandement.

— C'est assez difficile à dire, répondit Corsarez, en bas de la passerelle. Je crois néanmoins qu'elle provenait des hauteurs.

— Ça ne venait pas plutôt de la cabine des savants ? Ce ne serait pas la première fois, après tout. Va t'en assurer !

Le maître d'équipage exécuta aussitôt l'ordre, alors que Flibus pointait déjà sa longue-vue pour repérer le canot annoncé. Il le trouva rapidement et nota la présence de trois passagers qui agitaient leurs bras. Sans plus attendre, il ordonna le changement de cap.

Les naufragés, dont une femme, furent vite secourus par les marins de *La Fleur de lys*. Épuisés et déshydratés, ils reçurent très vite les soins du docteur Rogombo, qui choisit de les installer dans sa cabine. Fort heureusement, ils ne présentaient aucune blessure grave, en dehors de quelques brûlures dues au soleil.

Impatients d'en savoir plus à leur sujet, les marins ne se privèrent pas de discuter entre eux. Ils avaient cru comprendre qu'il s'agissait de voyageurs hollandais, une mère et son fils dans la vingtaine, ainsi que leur majordome. Profitant de la discrétion de leur dortoir, ceux qui n'étaient pas de quart commencèrent alors à débattre sur les circonstances possibles de ce naufrage.

— Ils ont probablement été pris dans une tempête, supposa Mumbai. Les ouragans sont fréquents en cette saison.

— Peut-être bien, répliqua Le Bolloch, mais comment expliques-tu qu'ils se soient retrouvés seulement à trois dans ce canot ? S'ils avaient été victimes d'une tempête, d'autres passagers seraient montés avec eux pour quitter le navire...

— Ils sont peut-être morts durant les jours qui ont suivi.

— Hmm ! c'est bien possible, mais je trouve tout de même étrange que seuls deux membres d'une même famille et leur serviteur aient survécu.

— Tu penses qu'ils ont pu être victimes de pirates qui les auraient dépouillés puis abandonnés dans un canot ? questionna Gravenson, le matelot scandinave aux tresses blondes.

— Et pourquoi pas ? continua le marin d'origine bretonne. Ce ne serait pas la première fois, après tout. Il n'est pas rare d'entendre que des navires de voyageurs ont été attaqués par des brigands.

— Oui, mais d'habitude, ils ne laissent aucun survivant sur leur passage, releva Mumbai.

— Pas forcément, l'ami, surtout quand il y a des femmes. Par superstition, certains pirates préfèrent éviter de s'en prendre à elles, tout comme aux enfants. Cette femme que nous avons secourue a probablement dû négocier la vie de son fils et de leur serviteur.

— Et son mari ? intervint cette fois Porouc, à peine remis de sa chute dans l'eau. Pourquoi n'était-il pas avec eux ?

Un bref silence s'installa sur le pont, puis Le Bolloch répondit :

— Les brigands ne lui ont sans doute pas laissé ce choix. Il est probablement mort en tentant de défendre ses proches, même si le sort que leur réservaient ces bandits de pétunia était loin d'être réjouissant. Car être abandonné dans un canot en pleine mer n'a certainement rien d'enviable. Bien souvent, c'est une mort lente qui nous attend au tournant. Mourir de faim et de soif est bien plus atroce que d'être passé par les armes. Pour sûr, je ne souhaite à personne de connaître un tel sort.

— Mais au moins, ils ont pu s'en sortir vivants ! souligna un marin.

— Parce qu'ils ont eu la chance de croiser notre route, précisa Le Bolloch. Sinon, je ne donnais pas cher de leur peau. Encore un jour ou deux à dériver dans ces conditions et ils y passaient tous les trois.

Le silence s'installa de nouveau, chacun songeant à la terrible épreuve vécue par ces naufragés. Mais Porouc n'en resta pas là. Il envisagea une tout autre hypothèse qu'il s'empressa de partager avec ses amis :

— Et si leur naufrage n'avait rien à voir avec une tempête ou une attaque de pirates ?

— Tiens donc ! s'exclama Yasar. Que vas-tu encore nous sortir comme explication ?

— Il a raison, enchaîna un autre. Je ne suis pas certain de vouloir entendre ta version, Porouc.

— Attendez, laissez-moi parler ! Vous avez donné votre avis, chacun votre tour et, bien que je le respecte, je doute que vous ayez vu juste. Selon moi, ces gens se sont retrouvés seuls dans un canot à cause d'une épidémie…

— Une épidémie ? murmurèrent plusieurs, loin d'être rassurés tout à coup.

— Voyons, Porouc, tu n'es pas sérieux ! rétorqua Le Bolloch.

— Mais si, on ne peut plus. Et je dirais même que nous avons peut-être causé notre perte en laissant ces naufragés monter à notre bord. Car si la maladie s'avère contagieuse, eh bien, il est fort possible que nous soyons déjà tous infectés…

— Attention, pas si vite ! reprit Le Bolloch. Qu'est-ce qui te permet d'être aussi affirmatif ?

Le cordier de *La Fleur de lys* avala difficilement sa salive et expliqua d'une voix lugubre :

— Voilà. Je ne sais pas si vous l'avez remarqué, mais la peau de ces voyageurs présentait de multiples cloques au visage et aux bras. J'en ai même vu sur leurs pieds.

— N'importe quoi ! s'exclama le maître-voilier. Ce sont des brûlures causées par le soleil, rien de plus.

— Navré, Le Bolloch, mais j'en doute fort. Ces cloques n'ont rien à voir avec des brûlures de soleil, crois-moi. Ces gens sont atteints d'un mal terrible, probablement la peste…

— LA PESTE ! s'écrièrent en même temps plusieurs marins.

— Mais nous allons tous mourir, alors ! enchaîna un autre.

— QUE NENNI ! coupa Le Bolloch. Personne ne va mourir ! Voyons, mes amis, vous n'imaginez pas un seul instant que Rogombo ait pu laisser des pestiférés monter à bord. Ce n'est pas très crédible. Un éminent médecin tel que lui s'en serait vite aperçu. Il ne les aurait certes pas abandonnés à leur sort, mais il aurait sans doute pris les dispositions nécessaires pour nous éviter tout contact avec eux…

— Justement, insista le cordier. C'est pour cette raison qu'il les a installés tous les trois dans sa cabine en nous défendant de les approcher.

— Porouc a raison ! intervint finalement un premier marin. Je ne sais pas ce que vous en pensez, les gars, mais moi, je ne tiens pas à mourir de la peste. Nous devons chasser ces gens de notre navire, sinon nous allons tous y passer.

La tension augmenta brusquement et, bientôt, la majorité des marins réunis s'entendirent pour exposer leur opinion au quartier-maître et au capitaine.

LA DISPARITION DU PROFESSEUR

Au poste de commandement, Flibus observait la manœuvre des hommes de quart quand il s'étonna de voir arriver un groupe de marins sur le pont. Les mains posées sur la rambarde, il chercha à connaître la raison de ce rassemblement.

Le Bolloch s'avança, à titre de porte-parole, et présenta aussitôt la situation dans les moindres détails.

— Voyons, les amis, vos craintes n'ont aucune raison d'être, confia le quartier-maître. J'ai eu connaissance du diagnostic du docteur Rogombo, il y a moins d'une heure, et il n'a jamais été question de la peste. Mais où êtes-vous allés chercher une idée aussi saugrenue ?

— Et les cloques sur leur corps ? intervint Porouc.

— Attendez, ce ne sont quand même pas ces cloques qui vous ont… Écoutez, messieurs, je vous rassure tout de suite, il ne s'agit là que d'une réaction normale aux brûlures du soleil. Le docteur a été formel à ce propos.

— Ah, vous voyez ! Je vous l'avais bien dit, reprit Le Bolloch, à la fois rassuré et gêné d'avoir pu croire un instant à l'hypothèse de Porouc.

— Et pourquoi Rogombo a-t-il décidé de les garder en quarantaine dans sa cabine ? insista néanmoins Porouc.

— En quarantaine ? Mais il n'a jamais été question de les mettre en quarantaine. C'était simplement par commodité, pour mieux prendre soin d'eux. Ne vous inquiétez pas, leur vie n'est plus menacée, et encore moins la nôtre, vous pouvez me croire. Dès demain, nous pourrons les approcher, et ils nous raconteront ce qui leur est arrivé. Je vous demande seulement un peu de patience. Je suis tout aussi curieux que vous d'en apprendre plus à leur sujet.

Des murmures de soulagement s'élevèrent du pont.

— En tout cas, c'est une chance que vous soyez venus me voir. Si vous étiez allés déranger le capitaine pour si peu, il n'aurait pas hésité à vous renvoyer comme si vous aviez eu la peste…

Cette fois, les rires éloignèrent définitivement les craintes de l'équipage. Porouc, par contre, préféra s'écarter du groupe en notant les regards torves dans sa direction. Il réalisa bien vite qu'il avait encore perdu une occasion de se taire.

• • •

Le lendemain, comme convenu, les naufragés furent autorisés à recevoir de la visite, mais uniquement celle du capitaine et du quartier-maître, ainsi que celle du père Chouard, qui était déjà venu à leur chevet la veille. Ces derniers se présentèrent avec beaucoup de déférence.

— Je m'appelle Esther... Esther de Boer, se présenta à son tour la femme. Voici mon fils, Ruud, et notre fidèle majordome, Willem. Dieu seul sait le sort que nous aurions connu si vous n'aviez pas été là.

— Que vous est-il arrivé ? osa demander le capitaine Kutter, tout aussi impatient que ses amis d'entendre l'histoire de ces pauvres gens.

— Tout est de ma faute, confia aussitôt la femme.

— Je vous en prie, mère ! intervint le fils. Vous savez très bien qu'il n'en est rien. Je suis le seul responsable.

— Mais non, Ruud, tu n'y es pour rien. C'est toi qui avais raison depuis le début. J'aurais dû t'écouter au lieu de m'entêter à penser que ton père puisse mener une quête aussi folle.

— Votre époux était donc avec vous ? questionna Flibus d'un air désolé.

— Non.

— Je ne comprends pas, s'étonna le capitaine Kutter. Si vous n'étiez pas avec votre époux, où était-il alors ?

— À vrai dire, nous n'avons aucune idée de l'endroit où il peut être en ce moment, rapporta le fils. Cela fait plusieurs mois qu'il n'a plus donné signe de vie. Il y a trois ans environ, il s'est mis en tête de retrouver un trésor disparu, ne vivant plus que pour cette quête. Aussi, quand il a décidé de partir pour l'île de Saint-Martin, il y a huit mois de cela, nous n'avons rien tenté pour l'en dissuader. Nous pensions alors qu'un séjour sur cette île franco-hollandaise lui ferait le plus grand bien, même si c'était pour y mener ses recherches. Sa première lettre débordait d'ailleurs d'un enthousiasme si fort qu'il avait même fini par nous convaincre. Cette quête représentait tant pour lui. Mais quand notre seconde lettre nous est revenue avec une indication nous avisant qu'il n'était plus sur l'île, nous avons craint le pire. C'est pourquoi nous avons fait le voyage jusqu'à Saint-Martin pour essayer de le retrouver, sans résultat toutefois.

— Vous êtes-vous informés auprès des autorités de l'île ? demanda le capitaine.

— Oui, bien entendu, enchaîna Esther de Boer, mais leur enquête ne nous a rien révélé. Toutes les personnes l'ayant côtoyé durant son séjour nous ont affirmé ne pas l'avoir revu depuis des mois. Ne sachant plus quoi faire, nous avons donc finalement décidé de rentrer en Hollande dans l'espoir qu'il finirait par revenir au pays. Mais voilà, nous avons été pris dans une tempête durant le voyage. Cependant, si j'étais restée dans ma cabine, rien de tout cela ne serait arrivé.

Esther de Boer éclata en sanglots.

— Ce n'est pas sa faute, croyez-moi, reprit le fils. C'est moi qui ai provoqué notre naufrage. Lorsque ma mère est montée sur le pont, je n'ai pas pu m'empêcher d'aller la rejoindre pour lui dire ce que je pensais de père et de sa stupide quête. Voyez-vous, avant son départ pour l'île de Saint-Martin, il avait confié à ma mère un parchemin protégé dans un rouleau de cuir qu'elle décida d'emporter pour le voyage, avec le reste de ses notes. J'ai également cru bon de porter avec moi le médaillon qu'il m'avait laissé au cas où il nous aurait aussi permis de le retrouver.

Le jeune homme tira sur la longue chaîne qu'il portait autour du cou et montra l'objet en question. Celui-ci était constitué de huit branches fleurdelysées qui partaient d'un moyeu en forme de pierre précieuse. L'ensemble faisait penser à une sorte de roue à huit rayons. Sur chaque branche et sur le diamètre se trouvait également une série d'inscriptions.

— J'ai effectivement remarqué ce médaillon en vous soignant, confia le docteur Rogombo. Bien entendu, je me suis gardé de vous le retirer en pensant qu'il pouvait s'agir d'un objet de croyance. Sa beauté est tout à fait remarquable. Serait-ce indiscret de vous demander d'où votre père le tenait ?

— Point du tout, cher docteur. Mais je sais peu de choses sur sa provenance, si ce n'est que mon père l'avait rapporté d'un précédent voyage en France. Il disait l'avoir trouvé dans les ruines d'un château. Quand il me l'a confié, je ne m'y étais guère intéressé, à vrai dire. Ce n'était pour moi qu'un simple objet du passé sans grande importance. Mais, après la disparition de mon père, j'ai dû admettre que ce médaillon pourrait peut-être nous mener à lui. Je n'ai pas su cependant déchiffrer les inscriptions qui s'y trouvent. Je l'ai présenté à plusieurs experts, mais aucun d'eux n'a su nous fournir d'explications concluantes, jusqu'à ce jour tragique sur le bateau où j'ai voulu consulter le parchemin confié à ma mère pour voir si celui-ci pouvait m'aider dans ce sens. Mais quand j'ai découvert que ce parchemin ne contenait rien, je ne sais pas ce qui m'a pris. Sous l'emprise de la colère, je suis monté sur le pont et j'ai fait part de ma découverte à ma mère. À cet instant, je pensais avoir été trahi par mon père, l'éminent professeur respecté de tous pour qui j'avais toujours eu la plus grande admiration. Je lui en voulais d'avoir demandé à ma mère de garder précieusement un parchemin sans le moindre contenu. Non seulement cette quête lui avait fait perdre la raison, mais, en plus, elle risquait de nous anéantir à notre tour. Enfin, j'en voulais aussi à ma mère de m'avoir caché la vérité sur le contenu de ce document. Je l'ai alors jeté sur le pont avec le rouleau de cuir en lui conseillant de tout oublier, jusqu'à l'existence de père. Mais le temps de ranger le parchemin dans sa protection, elle a perdu l'équilibre sous l'effet de la houle et a basculé par-dessus bord. L'instant d'après, je plongeais pour la secourir. Malheureusement, il nous a été impossible de regagner le navire. Submergés par les flots, nous pensions vraiment notre fin toute proche quand, par miracle, nous avons entendu les appels de Willem, notre majordome. Par je ne sais quel acharnement à vouloir rester à notre service, il était parvenu à mettre un canot à l'eau pour nous retrouver au péril de sa vie. Sans lui, nous serions probablement morts noyés. Ensuite, nous avons essayé de rejoindre le navire, mais nous l'avons rapidement perdu de vue dans la tempête. Nous ne savons pas s'il a pu continuer sa route ou bien s'il a finalement sombré. Après, nous avons dérivé durant plusieurs jours. Voilà, messieurs, notre sombre histoire...

Émus par ce récit, le capitaine Kutter et ses amis restèrent encore quelques minutes dans la cabine à discuter avec leurs hôtes, puis ils les laissèrent se reposer. Quelques marins les attendaient à l'extérieur, impatients d'en savoir plus. Flibus se chargea de leur raconter les circonstances du naufrage et, une fois les esprits rassurés, chacun retourna à ses occupations, satisfait du devoir accompli.

• • •

Les trois rescapés reprirent rapidement des forces, tandis que *La Fleur de lys* naviguait en direction de l'Europe. Avec l'approbation de l'équipage, le capitaine offrit généreusement à ses hôtes de les reconduire en Hollande. Il leur fit même aménager une place dans un compartiment pour que madame de Boer puisse préserver une relative intimité tout en étant proche de son fils et de leur majordome, séparés d'elle par une simple toile.

Durant les jours qui suivirent, Ruud de Boer passa de longs moments sur le pont pour se dégourdir les jambes et admirer les manœuvres de l'équipage. La première fois, il s'étonna tout de même de voir un pavillon noir flotter au-dessus du grand mât. Il se garda cependant de penser que ces marins étaient de ces pirates sanguinaires qui ont pour seul but de s'enrichir par le pillage. La générosité dont ils avaient fait preuve à leur égard ne laissait aucun doute sur leurs nobles intentions. Le jeune homme ne voyait donc aucune raison d'être inquiet pour la sécurité de sa mère. Ainsi, tranquillement, il regagna l'espoir de revoir bientôt son cher pays et de reprendre une vie normale.

Debout devant la rambarde, l'esprit rassuré, il profita donc de ces instants en contemplant l'immensité de l'océan. Il ne se doutait pas alors qu'on l'épiait du grand mât.

« Tiens, le revoilà, celui-là ! murmura la Tête de mort de sa position. Il passe vraiment son temps à déambuler sur le pont pendant que d'autres, sur ce navire, s'échinent au travail. Si ces naufragés ne s'étaient pas trouvés sur notre route, je ne serais pas encore à ranger tout ce désordre dans mon repaire. C'est à cause d'eux si j'ai été surprise par l'explosion de mon boulet à amorce rapide. Il m'a fallu une journée entière pour rassembler tous mes os qui s'étaient éparpillés. Heureusement que le souffle les a propulsés vers l'intérieur, sinon je me demande comment je m'y serais prise pour les récupérer. Sur le pont, à la rigueur, je n'aurais pas eu trop de difficulté à les retrouver, mais s'ils étaient tombés à la mer, c'était fini. Je n'ose imaginer ce qui aurait pu advenir de mes ossements avec tous ces poissons voraces qui grouillent dans les océans. Beurk ! Rien que d'y songer, j'en claque des mandibules. Certes, j'ai toujours ma réserve à os pour pallier ce genre d'imprévu, mais c'est loin d'être pareil. Je suis très attachée à mon squelette. Porter des os de remplacement ayant appartenu à d'autres nécessite un certain temps d'adaptation. Je sais de quoi je parle, car il m'a fallu un bon moment pour m'habituer à mon nouveau cubitus. Au début, mon coude se bloquait constamment quand je bougeais le bras. Et dire que c'est à cause d'un pélican qui convoitait ma dernière prise. Il n'arrêtait pas de tourner autour du drapeau et, quand il s'est posé sur la vergue, je ne sais pas ce qui m'a pris, je lui ai jeté mon cubitus gauche. Je venais à peine de l'astiquer, et c'est tout ce que j'avais sous la main pour le forcer à déguerpir. Ce que j'ai été tête en l'air ! Mais comment aurais-je pu prévoir que ce maudit pélican attraperait mon os avec son large bec et l'engloutirait sans vergogne ? Je m'en suis voulu durant des semaines pour cette stupide maladresse. J'en ai encore des cauchemars la nuit. Mais à cause de ces naufragés, j'aurais pu perdre davantage que mon cubitus. Vraiment, quelle idée de naviguer en pleine mer dans un canot ! Enfin, peu importe... J'estime néanmoins que ces gens auraient pu attendre un peu avant de nous signaler leur présence à grands coups de bras. On n'est pas l'agence tous risques, que je sache ! »

La Tête de mort arrêta finalement de se plaindre et se concentra cette fois sur la reconstitution de son squelette en pièces détachées. Replacer quelque deux cents os n'était pas une mince tâche.

Ruud de Boer décida de rester encore un peu sur le pont. Il salua un marin qui descendait de l'échelle de corde et se déplaça légèrement pour ne pas gêner le passage, avant de se laisser à nouveau envahir par la beauté du paysage qui se dessinait devant lui. Il repensa alors à son père avec affection, malgré ce qu'il avait pu dire à sa mère sous l'effet de la colère. Il se demanda soudain comment il avait pu vouloir l'oublier et le chasser aussi brutalement de son esprit après toutes ces années. De quel droit avait-il pu juger un homme qui s'était toujours montré attentionné et aimant envers sa famille ?

Accoudé à la rambarde, le jeune homme baissa le regard à cette pensée et réalisa qu'il avait été injuste envers son père, tout comme avec sa mère d'ailleurs. Par son entêtement à ne pas croire en cette quête, il était parvenu à la faire douter, elle qui avait toujours soutenu son mari en toutes circonstances. Ruud de Boer se demanda finalement si ce n'était pas plutôt lui qui avait trahi son père. Tout en se retenant d'une main à l'échelle de corde, il extirpa alors le médaillon de son vêtement et l'observa un moment avant de murmurer :

— Où es-tu, père ? Je regrette de ne pas t'avoir soutenu avec la même force que mère. C'est pourtant ce à quoi un père s'attendrait normalement de la part d'un fils. Or, je suis bien loin de t'avoir donné mon appui durant toutes ces années. Mes doutes ne t'ont cependant pas empêché de poursuivre tes recherches. J'aimerais tant croire à cette quête. Aussi, si ce médaillon et ce parchemin que tu nous as confiés sont en mesure de nous conduire jusqu'à toi, je prie Dieu pour qu'il m'ouvre l'esprit en m'aidant à les déchiffrer.

Le jeune homme observa longuement son médaillon en se laissant caresser par la brise et les embruns.

— Vous me paraissez soucieux. Seriez-vous souffrant ? s'inquiéta tout à coup Flibus en s'approchant.

— Je vais bien, rassurez-vous, confia Ruud de Boer. Je songeais à mon père et à ce médaillon. Je me demandais s'il pourrait nous conduire jusqu'à lui, mais je n'ai pas la moindre idée de la façon d'interpréter toutes ces inscriptions.

— Puis-je l'observer un instant ?

— Oui, je vous en prie.

Le jeune homme retira la chaîne de son cou et tendit le médaillon au quartier-maître, qui l'examina minutieusement.

— Hmm ! malheureusement, je crains de ne pas pouvoir vous donner un avis éclairé. Et si vous montriez ce médaillon à nos deux savants ? Peut-être pourront-ils vous aider à déchiffrer toutes ces inscriptions.

— Vous croyez ?

— On peut toujours essayer. Cela ne coûte rien. Je suis persuadé que nos amis accepteront de relever ce défi avec plaisir. Vous devriez également leur montrer ce parchemin dont vous nous avez parlé. Même s'il est vierge, peut-être réussiront-ils à déterminer sa provenance. L'avez-vous encore ?

— Oui. Bien que ma mère soit tombée à la mer après l'avoir enfermé dans son rouleau de cuir, elle ne l'a pas lâché un seul instant. Elle a fait preuve d'une confiance remarquable envers mon père pour attacher autant d'importance à ce document. J'aurais aimé en faire autant.

— Je vous trouve bien peu indulgent envers vous-même, confia Flibus. Votre réaction était bien légitime, selon moi. Après toutes ces années passées auprès de votre père, vous avez dû vous sentir abandonné lorsqu'il est parti. Je me souviens d'avoir éprouvé la même chose lorsque mon père nous quitta pour aller combattre aux côtés du marquis de La Fayette. Certes, je n'avais guère plus de cinq ans quand il est rentré de sa campagne, mais ce sentiment m'est longtemps resté gravé. Je savais néanmoins que j'avais beaucoup compté pour lui durant son absence. Ses quelques lettres que ma mère me lisait avant de m'endormir débordaient de son profond amour à notre égard. Elle me les a souvent lues même après son retour. Ces lettres m'ont permis de mieux comprendre ce qu'il avait pu vivre. Mon père se nourrissait de l'idée de nous revoir une fois la guerre terminée et, selon moi, c'est ce qui l'a aidé à tenir jusqu'au bout. Aussi, je pense qu'il en est de même avec votre père, d'après le portrait que vous nous avez donné de lui. S'il est encore en vie, ce que je souhaite de tout cœur, je suis sûr qu'il ne passe pas un seul jour sans penser à vous et à votre mère. Et votre volonté de tenter encore de déchiffrer les inscriptions de ce médaillon m'incite à croire que vous n'avez rien perdu de l'amour qui vous lie tous les trois.

Ému par ces propos, Ruud de Boer accepta bien volontiers la proposition du quartier-maître. L'espoir à nouveau au cœur, il afficha un généreux sourire et s'empressa d'aller chercher le parchemin.

LE PARCHEMIN ET LE MÉDAILLON

Visiblement très occupés dans leur cabine, maître Chow et son confrère n'entendirent pas les coups donnés à leur porte.

— Je crois qu'on a frappé, rapporta le savant chinois au bout d'un moment.

— Vous en êtes sûr ? Moi, je n'ai rien entendu, certifia maître Fujisan avant de lever la voix d'un ton suspicieux. J'ose espérer que ce n'est pas encore l'une de vos ruses pour me déstabiliser...

— Point du tout, je vous assure ! Comment pouvez-vous penser un seul instant que je puisse m'abaisser à de telles pratiques ? Vos accusations sont blessantes, maître Fujisan.

— Mmm ! écoutez, je veux bien vous croire, mais restez concentré sur notre course, voulez-vous ? Pour une fois que mon concurrent remporte la victoire. Cela fait plusieurs jours que je l'entraîne à suivre une ligne droite sans s'arrêter. Or, là, je le sens bien conditionné… Bon, vous êtes prêt pour le nouveau départ ?

— Mais je vous attends.

Plusieurs coups retentirent encore à la porte.

— On a frappé ! s'écria cette fois maître Fujisan.

— Ah ! vous voyez, je vous l'avais bien dit ! reprit maître Chow, le regard sévère.

— Bah, peu importe ! Je ne tiens pas à être dérangé de toute façon. Nous avons une course à terminer.

— C'est peut-être urgent, fit remarquer le savant chinois.

— Avez-vous entendu l'alerte ?

— Non.

— Des cris ou des coups de canon ?

— Non plus.

— Eh bien, dans ce cas, qui que cela puisse être, laissons-le frapper. Ou sinon, vous n'avez qu'à demander à Lin Yao d'aller ouvrir.

— Elle est sortie, rapporta maître Chow.

— Encore ! Mais elle ne tient jamais en place, votre nièce.

— Que voulez-vous, cher ami, c'est de son âge. On ne peut tout de même pas lui imposer de rester avec nous en permanence.

— Bon, c'est votre nièce après tout. Si vous acceptez qu'elle passe son temps dehors à grimper je ne sais où au risque de se rompre le cou, c'est votre responsabilité, pas la mienne. En tout cas, moi, je n'attends plus. Alors, vous êtes prêt à relâcher votre favori, oui ou non ?

— Très bien, puisque vous y tenez tant.

Les deux savants se fixèrent du regard un bref instant comme deux adversaires mis au défi puis, au signal, ils ouvrirent leur trappe.

— ALLEZ, ALLEZ ! hurla aussitôt maître Fujisan en tapant vigoureusement des mains. JE SAIS QUE TU PEUX ENCORE Y ARRIVER !

Maître Chow ne se laissa pas du tout impressionner et cria tout aussi fort pour encourager son concurrent.

Pendant ce temps, à l'extérieur, Flibus n'hésita plus en entendant ces étranges acclamations. Il actionna la poignée sans attendre l'autorisation et trouva la porte ouverte. Quelle ne fut pas sa stupéfaction, lorsqu'il entra, de voir les deux savants en pleine euphorie ! Ils avaient carrément aménagé une piste d'un bout à l'autre de leur table de travail pour se mesurer à une course de cafards.

— VAS-Y, TU Y ES PRESQUE ! s'enflamma tout à coup maître Fujisan sous l'excitation.

Visiblement gêné par la situation, Flibus s'excusa auprès de Ruud de Boer d'un haussement d'épaules, puis ils observèrent le déroulement du jeu. Qu'auraient-ils bien pu faire d'autre de toute façon ? Les deux savants remarquèrent cette fois leur présence, mais ils ne s'arrêtèrent pas pour autant de hurler. Chacun croyait fermement à la victoire de son protégé et, très vite, les nouveaux venus se laissèrent embarquer dans cet enthousiasme euphorique.

Sur le point de voir son poulain, ou plutôt son cafard, passer en premier la ligne d'arrivée, maître Fujisan leva les bras quand, soudain, il laissa échapper un cri d'effroi. Son partenaire venait de s'arrêter brusquement à quelques centimètres du but.

— VOYONS, CE N'EST PAS POSSIBLE ! QU'EST-CE QUI LUI PREND TOUT À COUP ?

Au même moment, le cafard de maître Chow franchit la ligne d'arrivée où se trouvait un petit monticule de sucre en poudre.

— J'AI GAGNÉ ! cria-t-il aussitôt sans retenir sa joie. Et voilà qui me donne deux victoires à une, cher ami ! Je crois que vous avez surestimé votre cafard. Il n'était pas encore prêt, de toute évidence.

— Oui, bon ! N'en rajoutez pas, maître Chow. La défaite m'est suffisamment pénible. Moi qui avais placé toute ma confiance dans cette blatte. Toutes ces journées de travail intense pour en arriver là. C'est décourageant, je dois l'avouer ! J'en conclus donc officiellement que ces petites bêtes ne sont dotées d'aucune forme d'intelligence qui vaille la peine d'être répertoriée...

— Parlez pour votre cafard, cher ami ! rétorqua le savant chinois. Le mien s'est très bien comporté, comme je l'avais espéré.

— Voyez-vous ça ! Vous ne disiez pas la même chose quand il a perdu tout à l'heure.

— C'est parce qu'il était... Et puis, zut ! vous avez raison, maître Fujisan. Nous avons perdu notre temps avec ces deux cafards. L'idée de les conditionner à suivre une ligne droite pour atteindre ce monticule de sucre était une pure folie. Je me demande ce qui m'a pris de vous lancer ce défi.

Maître Fujisan fixa les yeux de son confrère afin d'y déceler une éventuelle moquerie, puis il répondit :

— Bah ! cette activité nous aura apporté quelque distraction. Admettez que c'était plutôt amusant !

— C'est vrai, je le reconnais.

Cette fois, les deux savants échangèrent un large sourire de complicité avant de s'occuper enfin de leurs visiteurs.

— Navré de vous avoir fait attendre, mes amis, intervint maître Chow. Comme vous avez pu le constater, nous venons de conclure une expérience de grande intensité qui s'est déroulée sur plusieurs jours.

— En effet, cela m'a paru très intense à première vue ! souligna Flibus, d'un air amusé.

— Et que pouvons-nous faire pour vous ? enchaîna le savant chinois. Votre santé semble aller mieux de jour en jour, monsieur de Boer.

— Appelez-moi Ruud, je vous en prie. Je sens effectivement mes forces revenir progressivement. Bientôt, tout ceci ne sera qu'une anecdote à raconter.

Sans plus attendre, Flibus en arriva au vif du sujet et invita son ami à présenter les objets qu'il avait apportés. Le jeune homme expliqua également aux savants les circonstances dans lesquelles son père les avait obtenus.

Ravis d'être sollicités, les deux savants s'empressèrent de les examiner.

— Ce médaillon est tout à fait remarquable ! reconnut maître Chow. Et vous dites que votre père l'a trouvé en France, dans les ruines d'un château ?

— C'est exact. Sauriez-vous déchiffrer ces inscriptions ?

— Eh bien, c'est difficile à dire au premier abord, confia le savant chinois. Les lettres et les chiffres visibles sur le pourtour et sur les branches fleurdelysées ne forment aucun mot cohérent. Ce qui est étrange, de surcroît, c'est que de nombreuses lettres semblent inversées. Par conséquent, je ne vois pas comment il nous serait possible de comprendre le message de ce médaillon. À mon avis, ces inscriptions représentent une partie de l'énigme. Il doit sûrement exister un objet complémentaire avec une autre série de lettres et de chiffres qui, associée à la suite de caractères sur ce médaillon, constituerait l'ensemble du message. Qu'en pensez-vous, maître Fujisan ?

— C'est aussi mon impression, confirma le savant japonais, collé contre son ami pour mieux voir l'objet. Les énigmes par assemblage sont assez courantes dans les cas de trésors cachés. Tant que toutes les pièces n'ont pas été retrouvées, il est pour ainsi dire impossible de découvrir l'emplacement du trésor.

— Maître Fujisan a entièrement raison. Il vous faudra trouver ces autres indices si vous souhaitez avoir la réponse à cette énigme. Peut-être votre père possède-t-il l'un d'eux. Le savez-vous ?

— Je n'en ai aucune idée, répondit Ruud de Boer.

Les deux savants échangèrent un regard de désolation.

— Je suis navré, cher ami. Nous aurions aimé vous aider davantage, avoua maître Chow. Souhaitez-vous toujours que nous examinions aussi le parchemin ?

— Ce n'est peut-être pas nécessaire de vous donner cette peine, finalement.

— Mais cela ne nous dérange aucunement.

— Écoutez, c'est très aimable de votre part, mais voyez-vous, ce parchemin est sans le moindre contenu. Je fus moi-même étonné ou plutôt choqué d'apprendre que mon père avait demandé à ma mère de le garder comme s'il s'agissait d'un document d'une grande importance.

— Hmm ! voilà qui est étrange, souffla maître Fujisan, soudain gagné par la curiosité. Pourrais-je tout de même le voir ?

— Si vous y tenez.

Ruud de Boer détacha le rouleau de cuir et tendit le parchemin au savant japonais. Ce dernier le déroula délicatement et l'observa quelques instants avant de le porter près de son nez pour le humer. L'étonnement se lut aussitôt sur les visages.

— Qu'avez-vous trouvé, cher ami ? demanda maître Chow, intrigué.

— Cela va peut-être vous paraître étrange, mais ce parchemin est imprégné d'une odeur de citron. Tenez, cher ami, sentez-le par vous-même.

— Mais oui.

— Oh, attendez ! s'écria tout à coup maître Fujisan.

Le savant japonais se rapprocha d'une source de lumière et examina consciencieusement le document recto verso, avant de le humer de nouveau.

— Alors, qu'avez-vous vu ? s'impatienta son confrère.

— Rien pour l'instant, avoua maître Fujisan avant de se tourner vers Ruud de Boer. Accepteriez-vous que je place le parchemin au-dessus de la flamme d'une chandelle ?

— Écoutez, je ne sais trop quoi vous dire. Ma mère a bien voulu me le confier pour que vous puissiez l'examiner, mais de là à risquer de le détériorer…

— Rassurez-vous, j'en prendrai soin. J'ai de bonnes raisons de croire que cela nous permettra de découvrir son contenu. J'ai déjà pratiqué cette technique pour faire apparaître des messages rédigés avec la pointe d'une plume trempée dans du jus de citron.

— Vous pensez vraiment que ce parchemin n'est pas aussi vierge qu'il en a l'air ? s'étonna Ruud de Boer.

— J'en suis quasiment certain. Sinon, pourquoi votre père lui aurait-il accordé autant d'importance ?

— C'est très juste, en effet. Dans ce cas, vous avez mon accord.

Ravi, maître Fujisan invita son confrère à allumer une chandelle. Il plaça ensuite délicatement le parchemin au-dessus de la flamme, à une distance adéquate pour éviter de le brûler. Bientôt, des inscriptions apparurent sur la partie exposée.

— Vous aviez raison ! s'écria Ruud de Boer.

Le savant japonais poursuivit l'expérience jusqu'à faire ressortir tout le message. Il nota cependant une partie restée encore vierge au centre du document. Réalisant qu'il risquait de brûler le papier en insistant, il s'arrêta et présenta le résultat à ses amis avant de se plonger dans la lecture.

— C'est du latin, rapporta-t-il pour commencer. Il est question de l'arrestation massive des Templiers de France en 1307 sous l'ordre du roi Philippe le Bel… une opération menée par Guillaume de Nogaret. On y parle du long procès qui suivit… Bon, je vous passe les petits détails… Voilà… Ah ! Il est fait ensuite mention du partage du trésor après la dissolution de l'ordre en 1312. Le pape Clément V en aurait affecté la plus grande partie aux Hospitaliers, à l'exception de la part ibérique qui est revenue aux ordres militaires locaux… Hmm… Malheureusement, des lettres sont manquantes pour certains mots du centre. Laissez-moi simplement continuer… La suite explique qu'une partie du trésor a pu être sauvegardée avant la saisie. Elle aurait été transférée sur une île portugaise sous la garde de l'ordre des Sages. Voilà, c'est tout !

Ruud de Boer resta bouche bée à l'écoute de ces révélations. Il commençait maintenant à croire à cette quête menée par son père. Sans plus attendre, il demanda :

— Précise-t-on le nom et l'emplacement de cette île portugaise ?

— Navré, je n'ai noté aucune information à ce propos, confia maître Fujisan. La réponse est peut-être dans la partie manquante du message.

— Puis-je voir le parchemin, cher confrère ?

— Mais je vous en prie, maître Chow.

Le savant chinois examina à son tour le document.

— Hmm ! ce vide, au centre, est assez intrigant, je dois dire. Il présente une forme plutôt circulaire sans la moindre inscription. Oh ! par la Grande Muraille ! s'écria tout à coup maître Chow.

— Que se passe-t-il, cher ami ?

— Venez avec moi !

Maître Chow se dirigea d'un pas décidé vers la table de travail, vite suivi par ses amis. Il ouvrit l'un des tiroirs pour en sortir un flacon d'encre et du coton. Il se tourna finalement vers Ruud de Boer :

— Puis-je ravoir le médaillon, je vous prie ?

Le jeune homme s'empressa de répondre à la demande, très curieux de voir où le savant souhaitait en arriver. Quel ne fut pas son étonnement de le voir imbiber le coton d'encre pour ensuite le frotter sur le médaillon !

Une fois prêt pour son opération, maître Chow regarda ses amis et étudia la bonne disposition du médaillon. Il le plaça ensuite au centre du parchemin en exerçant une pression. Quand il le retira peu après, un large sourire se dessina sur son visage.

— Regardez ! Je crois que nous venons de résoudre l'énigme du médaillon et du parchemin, qui formaient en fait les deux parties d'un même assemblage. Les inscriptions présentes sur le médaillon étaient toutes inversées, comme le reflet d'un miroir, pour pouvoir justement être imprimées à l'endroit sur le parchemin. Nous voici donc en présence du message complet. Les informations des deux sources nous éclairent maintenant sur l'emplacement de cette île portugaise. Je vois des coordonnées de longitude et de latitude. Attendez… Je pense même pouvoir vous donner le nom de cette île grâce à une série de lettres mises en évidence dans le message. Vous prenez note, maître Fujisan ?

— Oui, un instant.

Le temps pour son confrère de prendre de quoi écrire, maître Chow énonça enfin, dans l'ordre, les différentes lettres réparties dans le texte :

— I… L… H… A… D… O… S… S… A… B… I… O… S. Voilà, c'est tout.

Maître Fujisan entreprit aussitôt le découpage de la série de lettres avant d'annoncer :

— Ilha… dos… Sabios ! Tout porte à croire que l'île en question se nomme *Ilha dos Sabios* qui, en portugais, signifierait l'île des Sages.

— D'où ce rapport avec l'ordre des Sages, enchaîna maître Chow en notant l'émerveillement sur le visage de Ruud de Boer.

Tous se questionnèrent alors sur le professeur de Boer. Peut-être avait-il fini par découvrir l'emplacement d'un fabuleux trésor. Mais de nombreuses questions restaient tout de même sans réponse. S'il connaissait déjà l'existence de cette île avant son départ, pourquoi n'avait-il pas pris la peine de le révéler à sa famille ? S'était-il déjà rendu sur l'île des Sages ? Y avait-il trouvé le trésor ? Mais pourquoi alors était-il allé à l'île de Saint-Martin ? À moins d'être toujours à la recherche du trésor… Ces quelques zones d'ombre laissaient encore planer un grand mystère dans cette affaire.

L'ÎLE DES SAGES

Avec l'autorisation de madame de Boer et de son fils, Flibus fit part de la découverte des deux savants au capitaine, puis à l'ensemble de l'équipage. La décision fut vite prise à l'unanimité. L'existence d'un trésor était bien suffisante pour pousser des marins, épris d'aventure et de liberté, à changer de destination sans tergiverser. Elle devenait une quête tout aussi importante que la recherche du professeur de Boer, à condition que ce dernier soit encore sur l'île des Sages.

Poussée par des vents favorables, *La Fleur de lys* fit donc route vers le sud de l'Europe. L'équipage se garda cependant de se réjouir trop à l'avance, car la longue traversée de l'Atlantique n'était pas forcément une aventure de tout repos. Les risques d'être frappés par une tempête et de subir des avaries majeures s'en trouvaient toujours multipliés. C'était sans compter aussi les mauvaises rencontres. Mais là, ce n'était pas tant l'idée de s'engager dans une bataille qui effrayait ces marins, c'était plutôt de devoir perdre du temps pour se rendre jusqu'à l'île des Sages. Fort heureusement, les semaines passèrent sans le moindre incident. En dehors des heures de travail, tous les moyens de rendre le voyage moins monotone étaient les bienvenus. Les jeux de cartes, de dés ou d'osselets se pratiquaient dans la bonne humeur, sous l'accompagnement du groupe de musiciens du navire, les très appréciés *Be Tall* originaires de Liverpool. Même les animaux trouvaient à s'occuper. L'ambiance était finalement assez joyeuse.

— Bon, alors, tu montes ? s'impatienta Topaze, le cochon autrichien. Je sens que mes pattes ne vont plus tenir très longtemps.

— Oui, oui, j'y suis presque ! avertit Ratasha en arrivant au niveau de Castorpille, grimpée sur le dos de Sésame, la chèvre, elle-même sur Topaze qui, lui, était sur Margarete, la vache laitière.

— AÏE ! se plaignit tout à coup Margarete. Topaze, tu me fais mal avec ta patte gauche arrière ! Déplace-la un peu, veux-tu ?

— Je ne peux pas. J'ai déjà du mal à tenir en équilibre, sans compter le poids des autres au-dessus.

— Et moi, alors ! que devrais-je dire, sachant que je vous porte tous à la fois.

— Oui, mais toi, tu es une vache. Tu es plus imposante…

— PARDON !

— Enfin, je voulais dire plus volumineuse… Heu… plus large… C'est-à-dire plus… Et puis zut ! Tu sais très bien ce que je voulais dire, à la fin.

— Mais oui, je te taquinais.

— AÏE !

— Qu'est-ce qui t'arrive, Topaze ? s'inquiéta cette fois Sésame, juste au-dessus.

— J'ai une crampe à la cuisse avant droite. Elle est de plus en plus forte. Je sens que je vais lâcher…

— Ah, non, ce n'est pas le moment ! rétorqua la chèvre. Nous avons presque complété notre pyramide animale. Tiens le coup encore un peu !

— Je ne sais pas… si je pourrai…

Alertée, Ratasha se dépêcha de grimper sur Castorpille, sous le regard attentif du gardien, Antonin, de Lin Yao et des poules hystériques face à l'exploit sur le point d'être réalisé. La jeune rate avait préféré y aller tout en douceur pour ne pas déséquilibrer le groupe, mais l'urgence l'obligea à monter plus vite. Elle s'apprêtait à se hisser sur la tête de son amie et à toucher le bois du pont supérieur, mais Topaze cria au même moment :

— J'EN PEUX PLUS ! JE LÂCHE !

En un instant, la pyramide animale s'écroula et entraîna tous les grimpeurs sur le plancher, à l'exception de Margarete, qui ne put s'empêcher de rire aux éclats en voyant ses amis étalés dans toutes les positions. Sur le coup, elle fut la seule à trouver la situation drôle puis, très vite, les autres l'accompagnèrent de bon cœur. Les poules riaient tellement en agitant leurs ailes qu'elles en perdaient même des plumes, ce qui amusa encore plus Antonin et Lin Yao, visiblement ravis d'avoir assisté à ce spectacle unique au monde. Après quoi tous les participants se relevèrent et décidèrent de se reposer en attendant l'heure du repas.

Profitant de l'occasion, Ratasha proposa finalement :

— Voulez-vous que je vous lise mes états d'âme d'hier ?

L'enthousiasme s'empara à nouveau de ses amis, qui acceptèrent à l'unanimité.

— Bon, attendez-moi ! Je vais aller récupérer mon journal. Je l'ai laissé tout près de l'entrée.

La jeune rate s'éloigna le cœur heureux. Castorpille avait fini par convaincre son père de l'autoriser à sortir un peu le soir et à dormir occasionnellement avec les autres animaux. Aussi, pour la remercier et souligner cet événement, elle avait promis à ses amis de leur lire de temps en temps un extrait de son journal de bord intime qui, depuis, ne l'était plus vraiment. Tout en repensant avec amusement à la crampe de Topaze, elle s'approcha de l'endroit où elle avait déposé son livre.

— Tiens ! Mon journal intime n'est plus là, s'étonna Ratasha avant de demander tout haut : l'un d'entre vous aurait-il pris mon journal, par hasard ?

— Tu l'as laissé sur le caisson, près de l'entrée ! rapporta Castorpille depuis l'enclos. Je t'ai vu le déposer quand on est arrivées toutes les deux.

— Oui, je sais, mais il n'y est plus. C'est donc que quelqu'un me l'a pris.

— C'est Castorpille qui l'a pris ! lança tout à coup Lin Yao.

— Hein ! Moi ! Mais pas du tout, se défendit aussitôt la femelle castor.

— Mais si, rappelle-toi ! insista cependant la jeune Chinoise, visiblement sûre d'elle. Je venais à peine d'arriver quand je t'ai vue le prendre et remonter sur le pont.

— Tu te trompes ! Attendez, vous me faites une blague, c'est ça ?

— Pas du tout, Castorpille, je suis très sérieuse, assura Lin Yao. Je t'ai bien vue partir avec le journal de Ratasha. C'était peu de temps avant votre jeu de la pyramide. Tu as d'ailleurs fait très vite, car le temps que je dise bonjour à Antonin et que je me rende jusqu'à l'enclos, tu étais déjà de retour.

— C'est impossible, voyons ! Je n'ai pas bougé d'ici depuis hier soir.

Tous les animaux présents confirmèrent les dires du castor, y compris Ratasha, qui ne voyait pas sa meilleure amie capable de lui prendre son journal comme une voleuse.

— Écoutez, je ne sais quoi vous dire, confia finalement Lin Yao, tout à coup mal à l'aise. J'étais pourtant sûre de l'avoir vue prendre le journal de Ratasha. Je me suis peut-être trompée, après tout. Castorpille tenait sans doute autre chose, mais c'est bien elle que j'ai croisée en arrivant.

Le mystère s'installa à la suite de ce témoignage troublant, puis tous se lancèrent dans une fouille minutieuse des lieux, mais sans résultat.

• • •

Quelques instants plus tard, sur le pont, un castor se rapprocha du grand mât en jetant des regards derrière lui comme s'il voulait s'assurer de ne pas avoir été suivi. Il tenait dans sa gueule un livre qui ressemblait fortement au journal intime de Ratasha. Satisfait, il leva la tête en direction du pavillon et traça une croix sur le plancher.

Attentive au signal, la Tête de mort fit aussitôt descendre son panier et laissa l'animal monter dedans avant de le remonter à bout de bras à l'aide d'une corde. Elle s'interrogea tout de même :

« Hmm ! je ne sais pas comment Castorpille a su pour le signe de reconnaissance, mais de toute évidence on l'a mise au courant. Elle doit probablement faire équipe avec le chat. Je ne vois pas d'autre explication, sinon. »

Intriguée, la Tête de mort tira de plus en plus vite sur la corde, impatiente. Dès que le panier arriva à son niveau, elle l'attrapa par l'anse, les orbites grandes ouvertes à la vue du journal.

« Eh bien, ce n'est pas trop tôt ! Ça fait des semaines que j'attends. Mais où est Moustache ? Pourquoi ne m'a-t-il pas rapporté lui-même le livre ? »

Le castor ne répondit pas. Il se contenta simplement d'approcher sa patte de son cou puis, d'un geste vif, il retira ce qui se révéla être un masque.

« C'ÉTAIT DONC TOI ! » s'écria la Tête de mort, stupéfaite.

— Eh oui, répondit le chat tigré, en retirant cette fois son imitation de peau de rongeur.

« Mais où as-tu trouvé ce déguisement, Moustache ? »

— Je l'ai moi-même conçu à partir d'une toile en fibres de chanvre, de rembourrage et de poils d'animaux que j'ai récupérés un peu partout sur le bateau. Il m'a fallu plusieurs semaines pour mettre au point ce stratagème, mais le sacrifice en valait la peine. Ce déguisement de castor était le moyen le plus efficace selon moi pour m'emparer du journal en toute sécurité. Ratasha et les autres n'y ont vu que du feu.

« Alors là, Moustache, je suis épatée ! Bravo ! Je me félicite de t'avoir choisi pour remplir cette mission. Aussi, pour m'avoir redonné ce précieux livre, j'ai le plaisir de t'annoncer que tu es officiellement affecté à ma nouvelle brigade tigrée. Tu seras désormais responsable des opérations secrètes au nom de code *MIAOU : les Missions*

Impossibles Approximativement Organisées et Urgentes. »

— Oh, merci ! C'est un grand honneur ! se réjouit le chat tigré. J'espère pouvoir toujours m'en montrer digne.

« Moi aussi », s'empressa de souligner la Tête de mort quand soudain…

— TERRE ! TERRE, DROIT DEVANT !

Surprise par l'alerte du matelot à la vigie, la Tête de mort lâcha le panier, qui fila droit sur le pont avec le malheureux Moustache à l'intérieur. Elle se ressaisit cependant juste à temps et retint vite la corde. L'arrêt fut toutefois si brutal que le chat bascula et tomba dans le vide sur les derniers mètres, fort heureusement sans se blesser, mais tout de même secoué.

Les hommes de quart suspendirent aussitôt leur travail pour repérer ce bout de terre à l'horizon puis, très vite, le pont fut envahi par tout l'équipage. Après plus de quarante jours de navigation, ils avaient enfin atteint l'île des Sages. La vérification des coordonnées mentionnées dans le parchemin ne laissait aucun doute sur son existence. Les plus sceptiques commençaient cette fois à croire qu'ils allaient peut-être pouvoir mettre la main sur un fabuleux trésor. Quant à ceux qui avaient trouvé la fin du voyage particulièrement difficile, ils ne voyaient plus maintenant de raisons de s'apitoyer sur leur sort.

Chacun s'empressa de donner son avis et de s'interroger sur la suite des événements. Combien d'hommes seraient désignés pour l'expédition ? Lesquels seraient choisis ? Pourtant, malgré cet enthousiasme, la crainte s'emparait progressivement de l'équipage au fur et à mesure que le bateau se rapprochait des côtes. L'île, d'une hauteur très impressionnante, était d'une beauté saisissante. À l'exception de la Terre des Géants[3], jamais les marins de *La Fleur de lys* n'avaient vu de promontoire aussi élevé et escarpé en plein océan. Il semblait n'y avoir aucune plage, ni

---

[3] Voir le tome 4, *La Terre des Géants*.

même la moindre crique pour pouvoir accoster avec un canot. Un tour rapide de l'île confirma d'ailleurs ces premières observations, mais ils ne se découragèrent pas pour autant.

— L'île semble être habitée ou avoir été habitée, du moins ! avertit le capitaine Kutter depuis le poste de commandement, sa longue-vue pointée vers le haut. Je distingue la façade d'une sorte de monastère. J'aperçois aussi une tour avec un clocher. Toute la structure me paraît en très bon état, mais d'ici, il est bien difficile d'y voir des occupants.

— Allons-nous accoster, capitaine ? demanda Le Bolloch.

— Absolument. Ceux qui ont construit cette bâtisse sont bien parvenus à atteindre ces hauteurs. Il doit donc y avoir un accès depuis le bas. Que chacun de vous regagne son poste ! Nous jetterons l'ancre à une encablure. Un groupe d'hommes se rendra ensuite sur l'île. Une chaloupe devrait suffire.

• • •

Flibus fut chargé de commander l'expédition sur l'île des Sages. Ses compagnons et lui avaient pourtant à peine parcouru la moitié de la distance en chaloupe qu'un énorme rocher se détacha du haut la falaise. Le capitaine et les marins restés sur le bateau crièrent aussitôt pour alerter leurs amis, mais ces derniers n'eurent même pas le temps de réagir. Ils virent seulement le bloc de roche descendre à une vitesse effrayante vers eux pour finalement frapper l'eau à quelques mètres à peine de leur embarcation. La violence de l'impact fut si grande que les éclaboussures les trempèrent de la tête aux pieds. Ils n'étaient cependant pas au bout de leurs peines, car bientôt, un autre bruit d'éboulement se fit entendre de nouveau.

— ÉLOIGNONS-NOUS D'ICI, VITE ! commanda Flibus.

Le changement de cap fut rapidement engagé, mais un second rocher frappa encore la surface, tout près de la proue. Cette fois, la chaloupe manqua de chavirer par l'effet de l'onde qui suivit, mais les marins expérimentés manœuvrèrent efficacement pour repartir en cadence. Personne ne chercha à voir si d'autres blocs de pierre tombaient dans leur direction. L'important était de déguerpir sans se poser de questions afin d'avoir de meilleures chances d'échapper à la mort.

Assistant à l'événement depuis le navire, sans pouvoir intervenir, le capitaine et l'équipage se réjouirent enfin de voir leurs amis s'éloigner de la zone d'éboulement. Jamais ils n'avaient vu pareil phénomène à l'approche d'une île. Aussi, ils ne perdirent pas un seul instant pour aider leurs compagnons à remonter à bord, tandis que les impacts étaient de plus en plus nombreux. Une fois à l'abri, tous regardèrent les rochers tomber sans vraiment comprendre comment une telle chose était possible. Cet éboulement était loin d'être naturel. Il donnait plutôt l'impression d'être provoqué délibérément depuis les hauteurs.

Mais par qui ? Les habitants de l'île peut-être ? Ce fut en tout cas la seule explication envisagée. Puis, soudain, tout s'arrêta. Les marins de *La Fleur de lys* pensèrent alors que le danger était passé, mais, dans l'instant qui suivit, les blocs de pierre tombés à la mer sortirent brusquement de l'eau et remontèrent la falaise.

— Mais comment ces énormes roches peuvent-elles se hisser toutes seules ? s'étonna Porouc, encore plus effrayé. Je ne vois aucun cordage pour les soutenir. Ce n'est pas normal.

— Tu as raison, souffla Mumbai. Ce phénomène n'est pas provoqué par des hommes. Les forces qui le génèrent ne peuvent être que surnaturelles, voire diaboliques.

— DIABOLIQUES ! paniqua le cordier. Éloignons-nous de cette île au plus vite avant d'y laisser notre peau !

— Taisez-vous, oiseaux de malheur ! coupa aussitôt le capitaine Kutter pour tenter de minimiser la situation en présence de madame de Boer et de son fils. Il n'y a rien de diabolique dans tout ceci. Il doit certainement y avoir une explication rationnelle. On ne va tout de même pas se laisser impressionner par un éboulement. Pour ma part, il me paraît clair que les habitants de cette île se sont dotés d'un système de défense très efficace pour empêcher toute approche. Cela dit, messieurs, aucune forteresse n'est infaillible, vous pouvez me croire. S'il existe un moyen de nous rendre sur cette île, nous le trouverons ! Je ne saurais tolérer qu'on s'en prenne à nous de manière si peu accueillante, sans avoir pris le temps de connaître nos intentions.

— Qu'allons-nous faire alors, capitaine ? demanda Le Bolloch.

— Je ne sais pas encore, mais nous n'allons pas en rester là, c'est certain. Nous n'avons pas fait ce long voyage à travers l'océan pour être traités de la sorte. Monsieur van Basteen !

— Capitaine !

— Parez pour la riposte ! Nous allons montrer aux occupants de cette île qu'on ne fait pas partie de ceux qui abandonnent aussi facilement.

— À vos ordres, capitaine ! répondit le maître-canonnier d'origine hollandaise. Dois-je faire doubler la charge ?

— Ce ne sera pas utile. Je tiens d'abord à leur faire savoir que nous avons compris le message, mais que notre intention est de nous rendre tout de même sur l'île.

Sur ces paroles, les marins ouvrirent les sabords et armèrent leur batterie. Le capitaine ordonna toutefois un seul tir de semonce pour commencer. Le boulet frappa peu après la falaise en propulsant des éclats de roche dans les airs. Tous savaient très bien que leurs canons auraient très peu d'effets sur une telle épaisseur, même s'ils doublaient la charge. Il s'agissait d'un simple avertissement, rien de plus.

— Bien, nous pouvons essayer une nouvelle approche, proposa le capitaine tout en se tournant vers son second. Je peux prendre le commandement de la chaloupe avec un autre groupe, si vous préférez.

— C'est fort aimable à vous, capitaine, mais je suis encore disposé à y retourner. Je crains qu'il ne soit pas très pratique de vous déplacer sur cette île.

Le commandant de *La Fleur de lys* n'insista pas, même s'il mourait d'envie de se rendre à terre. Il était très curieux de découvrir ce qui se cachait derrière cet assaut mystérieux, mais il savait aussi qu'il compliquerait la tâche de ses hommes avec sa chaise roulante. D'un autre côté, il ne voulait pas non plus obliger le premier groupe d'éclaireurs à repartir après ce qu'ils venaient de vivre. L'affaire entendue, Flibus demanda à ceux qui l'avaient accompagné de le suivre de nouveau. Personne n'osa refuser de crainte d'être traité de lâche par les autres. C'était même plutôt l'occasion idéale de montrer sa bravoure et de gagner définitivement le respect de l'ensemble de l'équipage.

LE TÉLÉPORTEUR

Le petit groupe de marins commandé par Flibus reprit la direction de l'île sous les regards attentifs des membres d'équipage restés sur *La Fleur de lys*. Les rameurs se donnèrent une cadence normale, ni trop lente ni trop rapide, pour pouvoir réagir vite et donner le coup de reins nécessaire en cas de nouvel assaut. Le silence était seul maître à bord, tant sur la petite embarcation que sur le navire. Le temps qui s'écoulait paraissait tout à coup bien plus long que les quarante derniers jours de navigation passés sur l'océan Atlantique. Personne n'osait imaginer ce qui allait possiblement se produire à mi-parcours, comme lors du premier passage. Aussi, quand la chaloupe atteignit la zone à risque, tout le monde retint son souffle. Malgré leurs craintes bien légitimes, les rameurs continuèrent la manœuvre d'approche sous la supervision de leur quartier-maître qui avait les yeux rivés vers les hauteurs afin de prévenir tout éboulement. Tous savaient aussi qu'ils pouvaient compter sur la vigilance de leurs compagnons restés sur le navire, mais leur survie dépendait avant tout de leur temps de réaction face au danger. Or, pour le moment, Flibus ne voyait pas la moindre menace et n'entendait aucun bruit suspect venant de la falaise. Ils en conclurent que le message du capitaine avait bien été reçu par les habitants de l'île.

Flibus et ses hommes étaient cependant à peine arrivés à mi-distance qu'un mur d'eau jaillit brusquement de la surface à une cinquantaine de mètres vers tribord. Un second suivit presque aussitôt, mais plus près cette fois. Le petit groupe de marins réalisa très vite le danger en constatant la progression des eaux déchaînées qui se rapprochaient de la chaloupe à une vitesse effrayante. Sans plus attendre, Flibus ordonna la manœuvre de retour. Il n'avait aucune idée de l'effet de ces murs d'eau si ces derniers venaient à les frapper, mais chose certaine, ils risquaient d'y laisser leur peau en restant sur leur trajectoire.

À bord de *La Fleur de lys*, tous se mirent à crier de plus belle vers leurs compagnons pour qu'ils se dépêchent de revenir. Cela ne suffit pas cependant, car, en un instant, les murs d'eau qui jaillissaient par intervalles atteignirent la chaloupe et l'expédièrent dans les airs avec une force incroyable. Tous les passagers furent éjectés avec leurs rames comme de vulgaires fétus de paille. Mais le pire survint lorsque l'embarcation se retourna et retomba à l'endroit précis où Flibus et l'un des rameurs avaient été projetés. Témoin du drame aux côtés de madame de Boer et de son fils, le capitaine Kutter, sous le choc, en lâcha sa longue-vue. Par son entêtement à vouloir poursuivre cette expédition, il venait peut-être de causer la mort de deux marins. Il n'eut même pas besoin de lancer son ordre que plusieurs s'étaient jetés à la mer pour secourir leurs amis.

Flibus n'avait pas eu le temps de s'écarter, mais il était sain et sauf sous la chaloupe. Il savait toutefois que l'un de ses hommes était tout près de lui au moment de l'impact. Ne le voyant plus à ses côtés, il plongea sans tarder pour tenter de le retrouver. Grâce à la limpidité de l'eau, il l'aperçut rapidement qui coulait, inconscient. Il se dépêcha de le rattraper par le bras avant qu'il ne disparaisse dans les profondeurs et le ramena à la surface. Très vite, les autres marins nagèrent dans leur direction puis, ensemble, ils regagnèrent le navire en abandonnant la chaloupe. Une fois à bord, le malheureux marin reçut aussitôt les soins du docteur Rogombo et reprit enfin connaissance. Fort heureusement, il avait eu le réflexe de se protéger la tête et ne souffrait que d'une fracture au bras. Autant dire que cet accident suffit à ses camarades pour les convaincre de ne plus vouloir poursuivre cette expédition. Il paraissait maintenant clair que seule une force surnaturelle avait pu faire jaillir ces murs d'eau des profondeurs. Le combat était inégal dans ces circonstances. Aussi, se rendant aux arguments de ses hommes, le capitaine se sentit forcé d'abandonner la partie, mais Flibus ne lui laissa pas le temps de remettre en doute ses premières intentions. Demandant le silence, il expliqua :

— Voyons, messieurs, nous n'allons pas baisser les bras maintenant ! Ce n'est pas la première fois que nous sommes confrontés au danger. Nous avons déjà vécu des situations tout aussi étranges et périlleuses depuis que nous parcourons ensemble les océans. Rappelez-vous comment nous y avons toujours fait face avec courage et détermination ! Nos deux tentatives d'approche se sont peut-être soldées par un échec, mais cela ne veut pas dire que nous ne parviendrons jamais à gagner cette île.

— Le combat est perdu d'avance ! cria un marin au milieu de ses camarades réunis en grand nombre sur le pont.

— Il a raison, appuya un autre sans s'annoncer. Personne ne peut lutter contre un tel adversaire.

Les murmures de l'équipage abondèrent tous dans le même sens, mais Flibus ne se laissa pas impressionner. Il avait déjà son idée en tête.

— Écoutez, je comprends fort bien votre réaction, mais je reste persuadé, tout comme l'a soulevé le capitaine, qu'il existe une explication à ce mystère. De toute évidence, ceux qui gouvernent cet îlot rocheux font tout pour nous empêcher d'y entrer. Or, pourquoi se donner autant de mal pour nous dissuader de continuer ? Que peut-il y avoir de si précieux sur cette île au point de nécessiter autant de moyens ?

— Un trésor ! répondit un matelot.

— C'est bien possible, en effet, mais peu importe ce qui s'y cache, il faudra nous rendre sur place pour le découvrir. Ces habitants ont un système de défense très efficace, certes, mais nous avons aussi de grandes ressources. Il ne tient qu'à nous de leur montrer ce dont nous sommes capables. Si tout accès à cette île est impossible depuis la mer, eh bien, nous y entrerons par les airs !

Sur ces paroles, Flibus présenta son plan qui, tranquillement, suscita l'intérêt de ses compagnons et gagna leur confiance. La stratégie consistait à utiliser le charme de lévitation afin d'atteindre les hauteurs et de se rapprocher ainsi du monastère. Les deux savants n'y virent aucune objection, tout comme le capitaine qui, pour une rare fois, se montra assez ouvert à l'idée d'utiliser leurs grimoires. Après tout, si cela pouvait leur éviter des pertes humaines, autant en profiter. La décision prise à l'unanimité, maître Chow se chargea d'aller chercher le grimoire approprié, le temps que l'on remonte l'ancre du navire. Il se plaça ensuite au milieu du pont, face au grand mât, en tenant le livre par le haut et le bas de la tranche, puis il prononça le sortilège :

— *LEVITAS !*

Le grimoire s'ouvrit et dégagea sa lumière caractéristique sous les regards ébahis des de Boer et de leur majordome. Le navire ne tarda pas à s'élever dans les airs, et même si ce n'était pas la première fois qu'ils assistaient à ce phénomène, Flibus et ses amis s'émerveillèrent de nouveau. *La Fleur de lys* entreprit son ascension devant l'impressionnant promontoire. La vue des falaises et de la mer qui s'étendait aux alentours était de toute beauté, mais très peu s'arrêtèrent à la contemplation du paysage. Ce n'était pas le moment de se laisser distraire. La vigilance restait de mise pour éviter d'autres mauvaises surprises.

Bientôt, toutes les têtes se levèrent à l'approche du monastère en partie bâti dans la roche. Plusieurs se demandèrent alors comment des hommes avaient pu édifier une telle œuvre sur un versant aussi escarpé. Ils n'eurent cependant pas le temps de se questionner davantage, car au même moment, un bruit sourd résonna depuis la falaise, alors que le bateau avait à peine parcouru les deux tiers de la hauteur de l'île. Le monastère se trouvait encore à plusieurs dizaines de mètres au-dessus quand, soudain, un large disque de métal jaillit du promontoire. Sa force fut telle qu'il sectionna un bout du grand mât et l'envoya dans les airs avec le pavillon noir à son extrémité. Le temps que la vigie donne l'alerte, maître Chow ferma le grimoire afin d'arrêter l'ascension du navire.

Violemment secouée, la Tête de mort se vit brusquement plonger dans le vide.

« AU SECOURS ! À MOI ! NE ME LAISSEZ PAS TOMBER ! »

La partie sectionnée du mât frôla la coque du navire par bâbord et continua sa chute avant de s'arrêter grâce à l'un des cordages du gréement qui la retenait encore au reste de la mâture. Sous la violente secousse, plusieurs objets sortirent du drapeau et plongèrent dans la mer qui s'étendait tout en bas.

« AH, MAMAN, QUELLE HORREUR ! MON AUTOPORTRAIT EN JOCONDE ! OH, NON ! LE CASQUE DE JULES CÉSAR, JE L'AI PERDU AUSSI ! IL ÉTAIT SIGNÉ DE SA MAIN, EN LATIN QUI PLUS EST. C'ÉTAIT UN OBJET DE COLLECTION INESTIMABLE... »

Malgré le choc de cette terrible perte, la malheureuse Tête de mort se ressaisit en se sentant glisser. Elle comprit aussitôt que le cordage qui la maintenait encore au navire ne tarderait pas à lâcher sous le poids du mât sectionné. Sans plus attendre, elle attrapa son poignard et commença à couper ses liens.

« Il faut que je me dépêche de regagner le pont ! Je n'ai pas du tout envie de servir de pâture aux poissons *ossivores*[4]. »

La Tête de mort plaça ensuite son poignard entre ses dents et se hissa avec son drapeau

---

[4] Dans le riche langage des squelettes, les ossivores sont ceux qui se nourrissent essentiellement d'os.

retenu à son bassin quand elle vit le cordage qui commençait à s'effilocher. Son temps était compté. Elle monta encore un peu puis, avec sang-froid, elle se lâcha d'un bras et sectionna la corde juste en dessous d'elle afin de libérer le mât. Son poids risquait à tout moment de l'entraîner dans le vide.

Pendant ce temps, sur le pont, Flibus et ses amis discutaient bruyamment sur la décision à prendre à la suite de cette nouvelle attaque. Aucun autre disque de métal n'avait jailli de la falaise depuis l'arrêt du navire, mais la nervosité était palpable au sein de l'équipage. Fallait-il tenter une autre manœuvre d'approche de l'île ? Ou bien attendre que le charme de lévitation se dissipe pour pouvoir s'éloigner de cet endroit maudit ? Certains s'opposèrent carrément aux deux choix. Ils souhaitaient plutôt profiter du léger vent favorable et partir pendant qu'il était encore temps. Ils auraient ensuite tout le loisir d'attendre la disparition du charme dans une zone plus sécuritaire. Un grand nombre pencha finalement pour cette solution, tandis que le capitaine tentait de calmer les esprits des différents groupes d'opinion.

Soudainement, Flibus s'écarta pour se rapprocher du bastingage. Le regard tourné vers la falaise, il s'écria tout à coup :

— Attendez ! Je crois savoir comment nous rendre sur cette île. J'aperçois une grotte sur le versant. Regardez, elle est bien visible depuis le gaillard d'arrière. Si on trouve le moyen d'y acheminer un cordage, on pourrait se laisser glisser depuis le navire et entrer par là.

— Mais c'est bien trop dangereux ! jeta Porouc. On n'arrivera jamais à atteindre cette grotte. Si le cordage est sectionné durant un autre assaut, la chute sera à coup sûr mortelle à cette hauteur.

— Il a raison ! enchaîna un autre matelot. Ce serait de la folie d'entreprendre une nouvelle approche. On peut déjà s'estimer heureux d'avoir échappé à la mort jusque-là. Il ne faudrait pas tenter le diable, tout de même.

Flibus ne baissa pas les bras pour autant.

— Écoutez, je n'obligerai personne à me suivre, mais je pense qu'il nous reste encore une chance. Il y a quelque temps, maître Fujisan m'a montré une gravure de son pays représentant un montagnard qui transportait du bois au moyen d'un cordage tendu entre deux versants. Grâce à un câblage et à un filet relié à une poulie, il pouvait se déplacer sur les hauteurs sans difficulté.

— Peut-être bien, s'empressa de reprendre Le Bolloch, pas vraiment convaincu non plus, mais comment allons-nous l'acheminer, ce cordage ? Il faudrait déjà pouvoir atteindre la falaise pour l'amarrer et ensuite y installer ce système de transport.

— Je te l'accorde, mais j'ai ma petite idée là-dessus.

Flibus exposa aussitôt son plan à son auditoire attentif. Près de l'entrée de la grotte se trouvait un arbre qui ressortait de la falaise et pouvait très bien servir d'amarre. Sa manœuvre consistait à tirer une flèche reliée à un cordage, puis à se laisser glisser avec un autre retenu à la taille pour pouvoir le nouer autour du tronc. Il permettrait ainsi le transport des autres volontaires et du matériel nécessaire à l'expédition.

— Qu'en dis-tu, Émilio ? questionna le quartier-maître en se tournant vers son ami. Serais-tu capable d'atteindre cet arbre avec ton arc ?

— À cette distance, c'est bien possible, mais pas forcément du premier coup si l'on tient compte du vent. Je suggérerais plutôt d'utiliser une arbalète et un grappin. Une flèche pourrait ne pas se planter assez profondément dans le bois pour supporter ton poids.

— Entendu, Émilio. De toute façon, je ne prendrai aucun risque inutile. Je suis bien conscient des dangers d'une telle manœuvre, mais avec l'autre cordage qui me liera par la taille, vous pourrez toujours me retenir en cas de chute.

— Bon, d'accord, je veux bien tenter le coup.

Sur ces paroles, Flibus expliqua enfin comment était constituée la nacelle qu'il avait vue sur la gravure de maître Fujisan.

En songeant de nouveau au trésor mentionné dans le parchemin, plusieurs marins laissèrent paraître un sourire sur leur visage buriné par le soleil. Après tout, la proposition de leur ami valait peut-être la peine d'être considérée. Finalement, tous acceptèrent l'idée, mais personne ne se porta encore volontaire pour accompagner leur quartier-maître, du moins pas avant d'être sûr que la traversée soit totalement sécuritaire. Sans plus attendre, des marins apportèrent un filet en toile de chanvre et tout l'équipement nécessaire, tandis que Corsarez se procura une arbalète et un grappin auquel il fixa un long cordage. Il se positionna ensuite devant le bastingage et visa l'arbre près de l'entrée de la grotte. Depuis l'ascension du navire, la distance qui les séparait de la falaise avait été réduite à une centaine de mètres, ce qui était tout à fait raisonnable pour tenter la manœuvre. Ils auraient pu se rapprocher davantage, mais le capitaine avait préféré ne pas prendre de risque dans l'éventualité d'un autre éboulement.

Dans un silence absolu, le marin d'origine hispano-aztèque tira enfin avec son arbalète. Le grappin et la corde sifflèrent dans les airs et passèrent directement entre deux grosses branches. Satisfait d'avoir réussi du premier coup, Corsarez se tourna et salua aussitôt ses amis en exécutant une révérence théâtrale. Arborant un large sourire accentué par ses deux fines moustaches, il se laissa alors très volontiers taper sur les épaules comme un véritable héros. Il aurait eu bien tort de ne pas profiter de ce petit instant de gloire.

Très vite, les marins tirèrent sur la corde pour fixer le grappin à l'arbre, puis ils la tendirent au maximum avant de nouer l'autre extrémité autour du grand mât. Le temps de s'attacher, Flibus se suspendit donc au câble en fibres de chanvre et enroula aussitôt ses jambes par le dessus, pour se mettre en position. La tête en direction de la falaise, il avança alors à l'aide de ses bras. La corde fléchit légèrement sous son poids, mais le grappin semblait suffisamment bien accroché à l'arbre pour ne pas lâcher. Sur le pont, tous les membres d'équipage restèrent bien sûr en alerte, prêts à intervenir au moindre danger, mais pour le moment, l'opération se déroulait parfaitement bien. Leur ami progressait avec une bonne cadence, visiblement déterminé à se rendre jusqu'au bout. À peu près à la moitié du parcours, il s'arrêta un instant pour évaluer la distance qui le séparait de la falaise, puis il reprit sa traversée au-dessus du vide. Les mètres défilèrent sans le moindre incident, ce qui l'encouragea à avancer plus vite. Aussi, quand il atteignit l'arbre et s'agrippa au tronc, tous l'acclamèrent depuis le navire.

Flibus se dépêcha d'attacher solidement autour du tronc l'épais cordage qui servait de câblage, puis il se rendit dans la grotte, le temps que ses compagnons finissent d'installer le filet de transport. En entrant, il nota rapidement la présence de déchets sur le sol : des feuilles de laitue, des épluchures de toutes sortes, surtout de pommes de terre et de carottes, et d'autres aliments divers. Il croisa également des rats qui déguerpirent à son approche. De toute évidence, l'endroit servait de passage aux habitants de l'île qui venaient jeter leurs ordures à la mer ou nourrir carrément les rongeurs. Attiré par une lueur, Flibus s'engagea plus à l'intérieur de la grotte. Elle se prolongeait sous la forme d'un tunnel en arc de cercle. Il remarqua très vite une issue éclairée vers le fond, mais il se garda de s'y rendre seul. Il aurait tout le loisir de découvrir les lieux après avoir convaincu ses amis de l'accompagner. Il sortit donc sans plus attendre et rapporta ses premières trouvailles à l'équipage.

L'ÉNIGME DES MARCHES DE PIERRE

Devant le soudain enthousiasme de ses hommes à se porter finalement volontaires, le capitaine Kutter n'eut d'autre choix que de procéder lui-même à la sélection. Corsarez fut désigné le premier, suivi de Le Bolloch et Martigan. Mais face à la grande demande, Ruud de Boer chercha à s'imposer lui aussi :

— Si vous le permettez, capitaine, je souhaiterais pouvoir faire partie de cette expédition. Bien entendu, je ne voudrais surtout pas prendre la place de l'un de vos hommes, mais mon père est peut-être sur cette île. Je ne saurais vous dire, par contre, comment il aurait pu s'y rendre après tous les obstacles que nous avons dû surmonter, mais il n'est pas exclu qu'il puisse avoir réussi. Tout comme vous, mon père n'est pas de ceux qui baissent facilement les bras, croyez-moi. Il est possible aussi que sa quête l'ait entraîné dans une fâcheuse situation. Ma mère et moi n'ayant plus de nouvelles de lui depuis des mois, nous craignons qu'il soit retenu sur cette île, prisonnier ou bien malade. C'est pourquoi je vous demande l'autorisation de participer aux recherches.

— Très bien, je vous l'accorde.

— Merci, capitaine.

Des murmures s'élevèrent tout à coup de l'équipage quand l'aumônier exigea qu'on le laisse passer. Il prit alors la parole, à l'étonnement général :

— J'aimerais également aller sur cette île, capitaine.

— Voilà qui est surprenant, père Chouard. Quel intérêt auriez-vous soudain à vous y rendre ? Ce n'est tout de même pas pour cette histoire de trésor ?

— Je n'ai point d'attirance pour ces richesses matérielles, vous le savez bien. Cela dit, je serais très curieux de rencontrer ceux qui vivent dans ce monastère. Lorsque je suis entré au séminaire après la...

Le père Chouard, réalisant le secret qu'il s'apprêtait à révéler, s'interrompit en toussotant et reprit aussitôt.

— Hmm... oui... j'ai eu connaissance des fondements de cet ordre religieux, mais je croyais que l'ordre des Sages avait été dissout depuis fort longtemps. En me rendant sur l'île, j'aurais donc l'occasion d'en apprendre plus sur ce mystère. Mon aide pourrait également s'avérer utile si nous devions négocier avec les occupants.

Compte tenu des arguments réfléchis du religieux, le capitaine ne trouva pas non plus de raison de s'opposer à cette demande. Il avait bien noté la soudaine hésitation de l'aumônier, mais il ne chercha pas à en savoir plus. Il se contenta simplement de donner sa décision :

— Très bien, père Chouard, vous vous joindrez à cette expédition. Mais après vous, je n'autoriserai qu'un dernier volontaire.

Plusieurs marins levèrent brusquement la main, et le commandant porta finalement son choix sur Cenfort. Il laissait rarement le tonnelier partir en mission, tout comme Martigan, son inséparable acolyte. Leur raisonnement n'était pas toujours évident à saisir, mais il les savait très débrouillards et débordants d'imagination. Dans le fond, ce n'étaient pas de mauvais bougres et, pour une fois, il pouvait bien leur donner une chance de se mettre en valeur.

Sans plus attendre, Corsarez s'installa le premier dans le filet de transport après que des matelots, sur le pont, l'eurent ramené au moyen d'un autre cordage fixé au préalable. Il se tracta ensuite à l'aide de ses bras, tandis que Flibus le tirait aussi de sa position. La traversée s'en trouva du coup plus rapide et moins éprouvante pour le passager. Ruud de

Boer passa en deuxième, suivi du père Chouard et des trois matelots désignés par le capitaine. Pendant que Flibus s'occupait du filet, Corsarez se chargeait de guider les nouveaux arrivants jusqu'à la grotte. La seule difficulté consistait à sauter depuis le tronc, qui était recourbé à sa base et servait naturellement de plateforme. La longueur du saut à effectuer ne dépassait guère un mètre au-dessus du vide, ce qui était très raisonnable.

Flibus se chargea enfin de ramener vers lui le matériel prévu pour l'expédition : des pioches, des pelles, mais aussi des armes pour se défendre en cas de besoin. Le tout avait été déposé sur une toile pour que rien ne passe entre les mailles du filet. Le petit groupe s'enfonça ensuite dans les profondeurs de la grotte qui les mena très vite dans une salle creusée directement dans la roche. Une fois à l'intérieur, ils avancèrent en prenant soin de bien regarder où ils posaient les pieds et les mains. Compte tenu des récentes attaques, il valait mieux rester prudent en toutes circonstances. Étonnamment, la salle était entièrement vide mais éclairée depuis les murs grâce à de petites cavités remplies d'huile enflammée. Voyant alors une autre issue vers le fond, ils s'y dirigèrent et se retrouvèrent bientôt devant un escalier tournant, avec un accès vers le haut et un vers le bas. C'était le seul lieu de passage depuis la salle.

— Qu'est-ce qu'on fait maintenant ? se renseigna Martigan. On monte ou on descend ?

— Nous montons, pardi ! s'empressa de répondre Corsarez en levant les yeux. Le monastère est au-dessus, c'est évident. Tu ne te souviens pas de l'avoir vu depuis le navire ?

— Mais oui, c'est vrai, que je suis bête.

Flibus se mit à sourire tout en empruntant le premier l'escalier de pierre, également éclairé par de petites cavités remplies d'huile enflammée.

— J'espère qu'on ne va pas monter indéfiniment, sinon bonjour les mollets.

— Ah non, Cenfort ! Tu ne vas pas commencer à te plaindre ! reprocha Le Bolloch. Tu t'es porté volontaire, donc tu assumes. Sinon, libre à toi de repartir et de laisser ta place à un autre.

— Hé, Le Bolloch ! Mais qu'est-ce qui te prend de t'énerver tout à coup ? Tu t'es levé du mauvais pied ou quoi ?

— Pas du tout. Je voulais simplement te faire comprendre que je ne suis pas disposé à t'entendre gémir durant toute l'expédition. Alors à partir de maintenant, tu avances et tu te tais, sinon…

— Sinon quoi ?

— Bon, il suffit, tous les deux ! coupa Flibus avec fermeté. Je n'ai pas non plus envie d'entendre sans arrêt vos disputes. Aussi, que ce soit bien clair ! Si je vous entends encore une fois vous reprendre pour un oui ou pour un non, je vous renvoie illico presto sur le bateau, peu importe qui aura commencé.

Les règles de conduite étant clairement établies, l'ascension se poursuivit et aboutit bientôt au niveau supérieur. L'escalier se prolongeait encore, mais Flibus choisit d'entrer dans la nouvelle salle afin de l'explorer. Là encore, ils ne trouvèrent rien.

— Regardez, il y a une issue au fond ! fit remarquer Corsarez.

Ne voyant pas d'autre sortie, le groupe s'y dirigea sans attendre et se retrouva bientôt dans un tunnel. À ce moment, Flibus éprouva un étrange sentiment, mais il se garda d'en parler. Il avançait, toujours en tête, quand la lumière du jour l'arrêta brusquement. Tout en posant machinalement sa main devant lui pour se protéger les yeux, il remarqua soudain ces mêmes déchets sur le sol aperçus à l'entrée de la grotte, et en se rapprochant de la sortie, il fut stupéfait de voir le câble de transport par lequel ils étaient arrivés !

— Nous sommes revenus à notre point de départ, rapporta-t-il aussitôt en provoquant l'étonnement général.

— Mais comment est-ce possible ? voulut savoir Ruud de Boer en constatant à son tour les faits. Nous sommes pourtant bien montés d'un niveau. Nous n'aurions donc pas dû revenir sur nos pas. Ce n'est pas logique.

— Vous avez absolument raison, répondit simplement le quartier-maître, intrigué par la situation.

Pendant ce temps, sur le bateau, plusieurs matelots remarquèrent la présence de leurs amis à l'entrée de la grotte. Surpris de les voir de retour aussi vite, ils se questionnèrent entre eux tout en faisant des signes de loin. Flibus se contenta de les saluer d'un geste de la main, puis il invita son groupe à retourner dans le tunnel afin de résoudre ce mystère. À quoi bon chercher à expliquer au reste de l'équipage qu'ils venaient de tourner en rond ! Leurs compagnons n'auraient sûrement pas raté l'occasion de se moquer.

Arrivés devant le même escalier de pierre, et pris d'un doute, ils marquèrent un temps d'arrêt, puis ils montèrent rapidement pour être fixés. Malheureusement, quelques mètres plus haut, ils se retrouvèrent encore dans une salle vide avec toujours cette issue au fond. En dépit des apparences, ils décidèrent néanmoins de s'y engager au cas où celle-ci les mènerait tout de même ailleurs. Mais, à leur grand désespoir, ils aboutirent une nouvelle fois à la sortie de la grotte.

— Hé ! Regardez, les revoilà ! s'écria Mumbai depuis le bateau.

— Mais à quoi ils jouent ? se demanda Yasar en s'approchant du bastingage.

Alerté, le capitaine Kutter pointa aussitôt sa longue-vue pour tenter de comprendre la situation, mais Flibus ne lui laissa pas le temps d'une explication et pressa ses amis de repartir sur-le-champ. Il n'avait aucune envie de rapporter leurs mésaventures.

De retour devant l'escalier tournant, ils prirent cette fois le temps de réfléchir. Tout en regardant l'accès qui donnait vers le bas, Martigan intervint finalement :

— Si on revient toujours sur nos pas en montant, peut-être devrait-on alors descendre pour monter.

— Mais qu'est-ce que tu racontes comme ânerie ?

— Ben quoi, Le Bolloch ? Ça ne coûte rien d'essayer.

— Martigan a raison, appuya Flibus. Il ne faut rien négliger, même si cela peut paraître absurde de prime abord.

— Ah ! tu vois, Le Bolloch ! s'empressa de souligner le marin au bandeau noir.

— Oui, bon, ça va. N'en rajoute pas non plus.

— Je peux partir en éclaireur, proposa même Martigan pour se mettre davantage en valeur. Ça nous évitera d'y aller tous, et on sera vite fixés au moins.

— Bon, d'accord, acquiesça le quartier-maître. Par contre, si tu atteins cette fois le niveau supérieur, n'essaie surtout pas de te rendre plus loin. Tu reviens tout de suite vers nous. Je ne tiens pas à ce qu'on se perde dans un endroit pareil. La situation est déjà suffisamment embarrassante.

— Entendu.

Sans perdre de temps, Martigan s'engagea dans l'escalier qui menait vers le bas. Le bruit de ses pas résonna un instant sur les marches de pierre, puis s'éloigna progressivement. Flibus et les autres se regardèrent alors en silence, attendant que les pas de Martigan se fassent entendre de nouveau. Lorsqu'ils distinguèrent enfin les déplacements de leur ami, celui-ci leur apparut par le haut :

— HAAAAA ! hurla tout à coup Martigan, visiblement surpris de retrouver ses compagnons plus bas.

Sous l'effet du choc, il manqua la marche suivante et dévala les escaliers, fort heureusement sans se blesser.

— Mais on se joue de nous, ce n'est pas possible ! s'impatienta Le Bolloch. Comment Martigan a-t-il pu revenir par le haut alors qu'il a emprunté l'escalier du bas ?

— Oh, attendez ! intervint cette fois l'aumônier en dépoussiérant une plaque sur le mur. J'ai trouvé une inscription en latin qui, je pense, pourrait nous éclairer sur ce mystérieux escalier.

— Que dit-elle ? s'enquit aussitôt Flibus.

— Il s'agit d'une sorte d'énigme, selon moi. Elle dit : *Celui qui cherche le Ciel ne doit jamais se détourner de la Terre*.

— Qu'est-ce que ça signifie ? s'empressa de demander Corsarez.

— C'est difficile à dire, confia l'aumônier. Je vous avoue que je n'ai jamais été très doué pour résoudre les énigmes. Toutefois, au risque de proposer une explication simpliste, je suppose que le Ciel représente le haut et la Terre le bas.

— Ça y est, j'ai trouvé ! s'écria Cenfort. Nous devons monter à reculons pour pouvoir atteindre le haut.

— Et voilà, c'est reparti ! jeta Le Bolloch sans ménagement. Mais vous le faites exprès ou quoi, tous les deux ? On peut dire que Martigan et toi, vous vous entendez bien pour sortir des absurdités…

— Mais non, c'est loin d'être absurde ! reprit Flibus, le regard soudain illuminé. Au contraire, je trouve même l'idée de Cenfort cohérente. Il s'agit de développer un peu plus sa pensée, voilà tout. Ainsi, comme l'a précisé le père Chouard, si le Ciel et la Terre représentent respectivement le haut et le bas, eh bien, l'énigme laisserait entendre que pour atteindre le haut, on ne doit pas se détourner du bas. Donc, si nous montons à reculons, comme le propose Cenfort, notre regard se portera toujours vers le bas…

— Je trouve aussi ce raisonnement logique, appuya Ruud de Boer, même si tout ce que nous avons vu jusqu'ici dépasse de loin l'entendement. Mais, encore une fois, rien ne coûte d'essayer. Il doit bien y avoir un moyen d'atteindre ce monastère.

Sur ces paroles, Flibus et ses amis montèrent finalement les marches à reculons. La situation leur parut quelque peu ridicule au départ, mais ils étaient suffisamment déterminés pour relever ce défi.

8

L'ORDRE DES SAGES

Les sept explorateurs dépassèrent bientôt le nombre de marches qu'ils avaient montées lors des deux premières ascensions, ce qui leur laissa bon espoir. Encouragés, ils continuèrent à grimper, convaincus d'être proches du but. Leur persévérance fut bientôt récompensée, car ils arrivèrent cette fois dans une salle différente. Le sourire aux lèvres, Flibus s'y engagea tout naturellement le premier. Corsarez entra juste après lui et s'avança légèrement vers la droite, mais, à cet instant, une partie du sol s'effondra sous ses pieds.

— ÉMILIO !

Tout en criant, Flibus se jeta à plat ventre, le bras tendu, et attrapa de justesse son ami par le poignet. Le bloc de pierre qui venait de se détacher plongea par contre dans un immense précipice en se cognant bruyamment sur la paroi. Le Bolloch se précipita aussitôt pour aider ses compagnons. Une fois en sécurité, Corsarez confia, le souffle court :

— Eh bien... Je l'ai échappé belle, on dirait. Désolé, les gars, mais je n'ai rien vu venir sur ce coup-là. Comme quoi il faut toujours rester sur ses gardes. En tout cas, merci à vous. Sans votre intervention, je finissais probablement au fond de ce trou sans fin...

Corsarez sentait son cœur prêt à sortir de sa poitrine tellement il battait fort sous l'effet du choc. Après un échange de regards amicaux, Flibus suggéra de redoubler de prudence et de bien réfléchir au moyen de traverser cette salle en toute sécurité. Avertis du danger, tous prirent donc le temps d'observer les lieux depuis l'entrée. Flibus remarqua le premier :

— Regardez toutes ces lettres gravées au plafond à différents endroits.

— S'agirait-il d'une autre énigme ? questionna Ruud de Boer.

— C'est bien possible, répondit le père Chouard en dépoussiérant une nouvelle plaque à l'entrée. J'ai trouvé une autre inscription en latin qui dit : *Le jeune la découvre et le vieillard la pratique.*

— En tout cas, moi, je n'y comprends rien, déclara Cenfort. Qu'est-ce que le jeune peut découvrir que le vieillard pratique ?

— Moi, je sais ! s'écria tout à coup Martigan. C'est la sexualité...

— N'importe quoi ! rétorqua Le Bolloch. Quand tu es vieux, tu n'as plus l'envie ni la force de pratiquer ces choses, voyons !

— Là, tu exagères un peu, tout de même, reprit Corsarez. De toute façon, la sexualité n'a rien à voir avec cette énigme, selon moi. J'imagine mal des moines suggérer une telle réponse. Me tromperais-je, père Chouard ?

— Non, vous avez raison. L'ordre des Sages fait également vœu de chasteté, donc...

— Attendez, j'ai trouvé ! assura Flibus. C'est la sagesse.

— Mais bien sûr ! s'écria au même moment l'aumônier. Le jeune découvre la sagesse et le vieillard la pratique, c'était évident.

— Évident ou pas, ça nous avance à quoi de le savoir ? demanda Cenfort. De quelle façon la sagesse pourrait-elle nous aider à traverser cette salle sans finir dans le précipice ?

Chacun prit le temps de songer à la question, puis Flibus expliqua :

— Je pense que ces inscriptions ont un lien direct avec la réponse de l'énigme. À mon avis, nous devons marcher sous chacune des lettres du mot *sagesse* pour pouvoir passer de l'autre côté. J'aperçois toutes les lettres du mot. Regardez bien le quadrillage au plafond ! Il correspond exactement à celui que l'on retrouve sur le sol, comme si le haut se reflétait sur le bas, mais sans les lettres.

— Voilà aussi pourquoi ces lettres sont placées au plafond, fit remarquer l'aumônier. C'est parce que la sagesse vient d'en haut.

— Hmm ! soupira Corsarez. Donc, d'après ton raisonnement, Ian, si on s'écarte de ces lettres, c'est la chute assurée, comme ce qui a failli m'arriver.

— Je le crains, en effet. Mais si on suit bien la trajectoire, tout devrait bien se passer.

Cela dit, Flibus s'assura d'avoir l'accord de chacun, puis il se positionna sous la lettre S tout en se retenant à Corsarez. Il valait mieux ne pas prendre de risque. Mais, cette fois, le sol resta bien en place. Flibus lâcha alors l'avant-bras de son ami et avança aussitôt sous la lettre *A* en évitant de regarder le trou béant juste à côté. Il avait cependant à peine posé les pieds sur le deuxième carré de pierre que le sol de la salle se mit brusquement à trembler et à s'effondrer par endroits dans un grondement effroyable. Tous crurent au même moment que leur compagnon allait être emporté dans le précipice, mais ce qu'ils virent les stupéfia bien plus. Contre toute attente, le bloc sur lequel se trouvait Flibus flottait carrément au-dessus du vide parmi d'autres carrés de pierre éparpillés. Le reste ne laissait voir qu'un gouffre interminable.

— Eh bien, nous voilà avertis ! lança le quartier-maître en se tournant vers ses compagnons d'infortune. Bon, vous pouvez me suivre maintenant, mais je vous conseille de ne pas trop regarder vers le bas. Ne vous laissez pas impressionner. Concentrez-vous et posez uniquement vos pieds sur les blocs correspondant aux lettres au plafond ! Ceux qui ont bâti cette salle cherchaient sûrement à déstabiliser les visiteurs avec toutes ces difficultés.

Corsarez se lança finalement.

Satisfait, Flibus s'apprêta alors à sauter sur la lettre *G*, lorsque le père Chouard l'avertit tout à coup :

— ATTENDEZ ! Ne sautez surtout pas sur la lettre *G* ! Je viens de réaliser que sagesse n'était pas le bon mot. Nous devons nous rappeler que l'énigme est en latin et, en latin, sagesse se dit sapientia. Vous devez donc chercher un *P* !

Alerté, Flibus regarda de nouveau le plafond en faisant attention de ne pas perdre l'équilibre.

— Vous aviez raison, père Chouard, il y a bien un *P* vers ma droite.

En voyant leur ami sauter sur le bloc en question sans chuter dans le vide, tous soufflèrent de soulagement. Corsarez put alors continuer lui aussi à avancer pour libérer la place à ceux de derrière. Chacun attendit patiemment son tour dans le plus grand silence afin de rester bien concentré.

Arrivé au bout de la salle, Flibus suivit la progression de son groupe avec angoisse. Il accueillit les nouveaux arrivants par une généreuse poignée de main, puis tous se dépêchèrent de quitter les lieux. Ils se retrouvèrent cette fois dans un couloir sombre et étroit. Ils y étaient depuis peu lorsqu'ils entendirent un chant grégorien. Se sentant proches du but, ils se laissèrent alors guider par les voix, mais elles les conduisirent directement vers une impasse.

— Nous sommes pris au piège ! ragea Le Bolloch en frappant le mur avec le plat de sa main. C'est ce que je redoutais avant de traverser cette maudite salle. On n'a plus le choix de revenir sur nos pas maintenant.

— Non, pas si vite ! reprit Flibus. Ce couloir doit bien mener quelque part. J'ai comme l'impression que ces chants viennent de derrière ce mur de pierre. Il y a certainement un passage pour nous rendre de l'autre côté. À nous de le trouver, tout simplement.

— Tu as raison, appuya Corsarez en tâtant aussitôt la paroi.

Ses compagnons l'imitèrent rapidement, et chacun chercha une pierre à pousser ou un levier à tirer. L'obscurité ne facilitait pas leur tâche, mais le chant grégorien les encouragea à continuer, du moins pour un moment, car peu à peu le doute finit vraiment par s'installer. Ils se demandèrent tout à coup si ces voix n'étaient pas un leurre pour leur donner de faux espoirs et les pousser à perdre patience.

Les esprits commençaient d'ailleurs à s'échauffer quand Martigan trébucha en se faisant bousculer par Cenfort de façon involontaire.

— Oh, mais tu ne peux pas faire attention ! reprocha-t-il à son ami avant de s'appuyer sur le bas du mur.

— Parle pour toi ! Tu n'avais qu'à ne pas reculer brusquement.

— Je n'y peux rien, c'était un réflexe. Ma tête s'est prise dans une toile d'araignée.

Au même moment, Martigan pressa involontairement un petit levier à peine visible, presque au ras du sol, et un bruit d'ouverture se fit aussitôt entendre. Une sorte de porte en pierre venait de pivoter de quelques centimètres. Flibus s'approcha le premier et commença à pousser, avant de demander l'aide de ses compagnons. Dans un frottement caractéristique, accompagné d'un appel d'air, la porte s'ouvrit enfin devant une grande salle éclairée par la lumière du jour qui traversait de larges et hautes fenêtres.

Le bruit causé par l'ouverture arrêta brusquement le chant grégorien. Des murmures d'étonnement s'élevèrent ensuite en écho, suivis par de nombreux pas. Flibus et ses amis passèrent la porte de pierre et restèrent devant l'entrée, dans l'attente d'être accueillis d'un instant à l'autre.

— Regardez ! signala tout à coup Le Bolloch en voyant des hommes en habits monastiques surgir de derrière une rangée de colonnes.

Le maître-voilier de *La Fleur de lys* avait déjà sa main sur son sabre, prêt à s'en servir.

— Non, attends ! souffla Flibus en retenant le bras de son ami. Tu vois bien qu'ils ne sont pas armés.

De plus en plus nombreux, les moines s'approchèrent rapidement avec un air sombre, visiblement mécontents d'avoir été dérangés en plein office. Voyant cela, le père Chouard s'avança sans hésiter et se plaça devant ses amis. Son apparition sembla produire un changement dans le comportement des moines, car celui qui était à leur tête montra aussitôt un sourire lumineux sur son visage avant de se tourner en levant les bras.

— Ce n'est rien, mes frères ! Ce ne sont que des visiteurs qui ont franchi le chemin des Sages.

— Mais comment y sont-ils parvenus, père abbé ? demanda l'un des moines. Aucune personne de l'extérieur n'avait réussi à passer ces épreuves jusque-là.

— Eh bien, il faut croire qu'eux y sont parvenus, frère Octavio ! fit remarquer le responsable de la communauté avant de s'adresser aux visiteurs. Veuillez nous pardonner cet accueil peu chaleureux, mais cela fait si longtemps que nous n'avons pas eu de visite. Nous en avons presque oublié nos règles élémentaires de l'hospitalité.

— Il n'y a pas de mal, assura Flibus en se rapprochant du père Chouard. Nous pouvons le comprendre, car entrer dans votre monastère n'est pas de tout repos, si je peux m'exprimer ainsi.

— Oui, je vous l'accorde, mon fils. Je me réjouis cependant que vos compagnons et vous ayez réussi à traverser le chemin des Sages… Oh, mais attendez ! Je ne me suis pas encore présenté. Je suis le père Bernardo, l'abbé de ce monastère.

Flibus se présenta à son tour avec son groupe avant de révéler la raison de leur présence. Les moines l'écoutèrent avec grand intérêt. Il paraissait évident qu'ils n'avaient guère eu de contacts avec l'extérieur depuis un certain temps. Ils ne furent cependant pas du tout surpris d'apprendre qu'un trésor pouvait bien avoir été caché sur leur île. D'ailleurs, le père abbé ne chercha pas à le nier.

— Il va sans dire que vous avez fait preuve de courage et de sagesse en traversant le chemin des Sages. Il a été bâti par les fondateurs de notre ordre, l'ordre des Sages, il y a plusieurs siècles de cela. Il devait empêcher toute intrusion afin de préserver les biens que nous avons reçus des chevaliers du Temple. Le trésor était gardé dans ce monastère depuis la dissolution de l'ordre des Templiers, mais il ne s'y trouve plus cependant.

— QUOI ! Vous voulez dire que nous avons fait tout ce chemin pour rien ! s'écria soudain Le Bolloch avant de recevoir un coup dans les côtes de la part de Corsarez. Aïe ! heu ! pardonnez-moi, mon père, je voulais plutôt dire : mais comment cela se peut-il ?

Le père abbé laissa paraître un léger sourire d'amusement avant de continuer :

— Il existe un accès direct entre notre monastère et un sanctuaire situé sur le continent.

— Un accès direct, dites-vous ! s'étonna Flibus. Mais le continent se trouve à plusieurs dizaines de milles marins de cette île.

— Oui, je comprends votre incrédulité, mon fils, mais il s'agit là d'un passage bien particulier qui n'utilise ni les voies terrestres ni les voies sous-marines. Tout ceci peut vous paraître inconcevable au premier abord, mais en ayant traversé le chemin des Sages, vous savez maintenant que ce monastère est loin d'être ordinaire. Depuis des siècles, une partie du trésor des chevaliers du Temple était sous notre garde, ici même, mais par le plus grand des mystères, il a subitement disparu il y a trois ans. Nous avions pour règle de vérifier sa présence deux fois par jour, mais un matin, il n'était plus là. La salle où nous le gardions était totalement vide.

Ruud de Boer n'avait pas encore ouvert la bouche. En écoutant les révélations de l'abbé, il était de plus en plus convaincu que son père n'avait pas pu se rendre sur cette île. Même s'il s'était absenté plusieurs mois, il y a trois ans, il paraissait impensable qu'il ait pu être mêlé de près ou de loin à cette disparition. Chassant cette idée de son esprit, il demanda alors à tout hasard :

— Connaîtriez-vous le professeur de Boer ? Bastiaan de Boer ? Un homme dans la cinquantaine, de taille moyenne, portant une généreuse barbe blanche.

— Non, mon fils. Le devrais-je ?

— Eh bien, à vrai dire, c'est mon père. Ma mère et moi sommes sans nouvelles de lui depuis des mois. Nous espérions le trouver sur cette île ou, du moins, apprendre qu'il y était venu.

Ruud de Boer se gratta au même moment la poitrine, ce qui laissa davantage apparaître le médaillon de son père entre les lacets du col de sa chemise.

— Oh ! regardez, il porte le médaillon ! s'écria soudain un moine, suscitant aussitôt l'émoi chez ses frères.

— Attendez, frère Octavio, ne sautons pas trop vite aux conclusions, reprit l'abbé. Puis-je voir ce médaillon de plus près ?

— Oui, bien entendu.

Le père Bernardo examina consciencieusement l'objet, entouré du frère prieur et du chantre, tout aussi impatients d'en savoir plus.

— En effet, c'est bien le médaillon que j'avais confié au frère Ernesto. Pourrions-nous savoir de quelle façon vous l'avez obtenu ?

— Je le tiens de mon père, le professeur de Boer. Il l'a ramené d'un voyage en France. Je ne voudrais pas me tromper, mais je crois qu'il l'a découvert dans les ruines du château de Thil.

— Hmm ! c'est bien là, justement, où devait se rendre le frère Ernesto. Nous savons donc maintenant qu'il est parvenu à regagner le continent par la mer. Mais vos révélations nous font craindre le pire à son sujet.

— Vous m'en voyez navré, confia Ruud de Boer. J'aurais aimé être porteur de meilleures nouvelles, mais le frère Ernesto est peut-être toujours en vie, tout comme on peut l'espérer pour mon père.

— Je vous l'accorde, mon fils. Le frère Ernesto est un être très perspicace. En se rendant sur le continent, il pensait être en mesure de résoudre le mystère de la disparition du trésor. Ce dernier ne pouvait se trouver qu'au sanctuaire de Thil, car personne n'est entré dans notre monastère pour le voler.

— Mais pourquoi le frère Ernesto a-t-il dû quitter l'île par la mer ? chercha à savoir le père Chouard. N'était-il pas plus simple pour lui d'emprunter ce passage dont vous nous avez parlé, justement ?

— Oui, nous avons bien sûr tenté de le faire, mais sans succès, soupira le père abbé. L'accès semble s'être brusquement fermé depuis le monastère pour une raison inexpliquée. Nous avons connu plusieurs tempêtes, ces dernières années, avec des orages d'une rare intensité. Il est possible que l'un d'eux ait provoqué un dérèglement. Cela ne serait pas surprenant, en fait, étant donné que le passage du sanctuaire au monastère, et inversement, demande une grande source d'énergie. Mais il se peut aussi que des personnes aient réussi à entrer dans notre sanctuaire de Thil et trouvé le moyen de rapatrier le trésor. C'est bien difficile à dire, voyez-vous, car c'est de cette façon que nos frères parvinrent à le transporter jusqu'au monastère, il y a plusieurs siècles de cela.

— Savez-vous comment ce transport fut possible ? demanda Flibus.

— Oui. Nos frères fondateurs avaient bâti la même plateforme de transport au sanctuaire de Thil et, ici même, au monastère. La mise en fonction se fait au moyen d'une clé qui est précisément le médaillon que vous avez trouvé. C'est lui qui libère l'énergie de la plateforme. Nos frères de France avaient une autre clé, mais elle a disparu. Notre ordre a connu de grandes persécutions, jadis. Notre monastère est le seul à avoir pu y échapper grâce à son éloignement du continent et au système de défense mis en place par nos fondateurs. Cela dit, je crains fort que ce médaillon ne soit plus en mesure de faire fonctionner l'une ou l'autre des deux plateformes. Nous l'avons essayé après la disparition du trésor, mais sans résultat. Et si le frère Ernesto l'a emporté avec lui, c'était avant tout pour pouvoir emprunter le passage souterrain qui mène du château de Thil au sanctuaire.

— Il n'existe donc pas d'autre moyen pour se rendre directement d'ici au sanctuaire ? voulut savoir Flibus.

— Oui. Il y a l'escarboucle de l'ordre, autrefois utilisée par nos frères, confia le père Bernardo. Son énergie serait suffisante pour alimenter notre plateforme, mais cette pierre n'est pas en notre possession.

— Savez-vous où elle se trouve ?

— Au sanctuaire de Thil, normalement, posée sur son socle. Mais il y a bien longtemps que l'endroit a été abandonné. Il est situé sous terre, aux environs du château de Thil. En s'y rendant, le frère Ernesto était censé aussi la retrouver. Nous avons toujours gardé espoir de le voir revenir, malgré ces trois années passées. Il est le seul, parmi nous, capable de réussir, car c'est un excellent navigateur. Son père était marin, tout comme vous.

— Soyez sans crainte ! Mes amis et moi ferons notre possible pour vous venir en aide, assura Flibus, intrigué par ce mystère. Nous pourrions certainement nous rendre en France, jusqu'au château de Thil, afin d'y retrouver le frère Ernesto et, nous l'espérons aussi, le professeur de Boer. Nous profiterions alors de l'occasion pour découvrir ce qu'il est advenu du trésor et de cette escarboucle. Bien entendu, il nous faudra d'abord en parler avec notre capitaine et le reste de l'équipage afin d'obtenir leur accord.

— Vu la situation, il nous serait bien difficile de refuser votre aide, répondit le père abbé. Laissez-nous simplement le temps de nous recueillir un instant, mes frères et moi. Nous vous ferons ensuite connaître notre décision.

— Cela va de soi.

Sans plus attendre, le père Bernardo s'éloigna avec ses principaux officiers de l'ordre, tandis que Flibus et ses compagnons restèrent auprès des autres moines. Le père Chouard en profita pour bavarder avec eux. Il n'avait cessé de penser à cette rencontre et à toutes les questions qu'il désirait poser. Durant la conversation, ses amis et lui apprirent avec stupéfaction que ces moines étaient pour la plupart âgés de plus de deux cents ans. Après la dissolution de leur ordre, le nombre de frères établis sur l'île avait considérablement diminué au cours des années par manque de novices venant du continent. Mais c'était sans compter sur les ressources cachées de cet îlot rocheux perdu au large du Portugal. Un matin, l'un des moines, parti chercher des plantes aromatiques, avait fait la surprenante découverte d'une source miraculeuse qui permit d'assurer la survie des derniers représentants de l'ordre des Sages. Le frère Ernesto avait d'ailleurs emporté avec lui une fiole contenant de cette eau, ce qui laissait de bons espoirs de le retrouver en vie en dépit du mystère de sa disparition.

9

LE CHÂTEAU DE THIL

Le père abbé revint rapidement et donna officiellement son accord au nom de toute sa communauté. Ses frères et lui n'avaient trouvé aucune raison de s'opposer à la proposition du quartier-maître. Leur don de discernement s'était suffisamment développé au cours des années. Ils savaient qu'ils pouvaient avoir confiance en ces marins. Le fait d'avoir franchi le chemin des Sages était déjà pour eux une preuve de leur bonne foi et de leur sagesse. Toutefois, le père Bernardo voulut s'assurer d'un dernier point avant le départ des visiteurs :

— Je ne sais pas si ce que je m'apprête à dire vous fera changer d'avis, mais malheureusement, nous ne pourrons pas vous remettre une partie du trésor si vous veniez à le retrouver. Il est sous notre garde depuis des siècles. Nous espérons que vous comprendrez. Par contre, pour vous remercier, nous serons très heureux de vous offrir un présent à votre retour.

— Ah, oui ! C'est quoi ? demanda Cenfort avant de recevoir lui aussi un coup dans les côtes de la part de Corsarez. Heu ! navré, mon père. Il va sans dire que nous allons attendre notre retour pour le découvrir. Enfin, voilà, quoi ! Hmm…

— Il a raison, confirma aussitôt Flibus. Nous en serons très honorés.

— Très bien, voilà qui conclut notre entente dans ce cas. Mais avant de partir, accepterez-vous de partager notre repas ?

— Ce serait avec joie, mon père, mais nous devons regagner notre navire dans les meilleurs délais. Il est en suspension dans les airs et nous devons encore franchir le chemin des Sages jusqu'à la grotte.

— Oh ! rassurez-vous, nous vous épargnerons cette peine. Il existe un chemin beaucoup moins périlleux.

— Pardon ? s'écria Le Bolloch. Vous voulez dire que nous aurions pu éviter de risquer nos vies...

— En effet, mais cela vous aura au moins permis de nous révéler votre sagesse, en plus de votre grand courage. Le chemin des Sages n'a pas été bâti pour nous mettre à l'épreuve, vous pensez bien. Voilà pourquoi nous ne l'empruntons jamais. Ce ne serait pas très... sage. Un accident est si vite arrivé, vous comprenez... Si par malheur l'un de nous venait à tomber dans le gouffre, il ne pourrait survivre. L'eau de source qui nous préserve de la mort depuis des décennies ne pourrait nous faire survivre à une telle chute. Notre rôle est donc simplement de nous assurer que le chemin des Sages est éclairé en permanence pour les éventuels visiteurs. Tous les matins, l'un de nos frères a la charge de vérifier le niveau d'huile des lampes placées sur le parcours ; mais il n'est pas non plus nécessaire d'emprunter le chemin des Sages pour cela. L'huile est acheminée depuis le monastère, grâce à un système de canalisation.

Sur ces paroles, le père Bernardo remercia encore les marins pour leur généreuse proposition, en espérant que leur capitaine serait d'accord et que tout l'équipage se joindrait à eux. Puis, il demanda au frère Octavio de les accompagner jusqu'à la sortie. Ils empruntèrent une série de couloirs et un escalier pour finalement atteindre une autre porte de pierre pivotante qui donnait directement sur la grotte. Flibus et ses compagnons étaient passés tout près sans le savoir, au grand désarroi de Le Bolloch.

Le capitaine Kutter et l'équipage écoutèrent le récit de leurs amis avec fascination, malgré leur déception de ne pas les voir revenir avec ce fameux trésor des Templiers. Ils accueillirent néanmoins favorablement la proposition de Flibus et confirmèrent leur participation au père Bernardo, par l'intermédiaire du frère Octavio venu à bord pour s'enquérir de la réponse. Avant de s'en retourner dans son monastère, le moine leur donna les directives pour se rendre jusqu'au sanctuaire de Thil.

• • •

Le charme de lévitation perdit progressivement ses effets et *La Fleur de lys* se posa sur la mer tout en douceur. Comme le voyage devait durer près d'une semaine, Flibus et ses amis en profitèrent pour étudier la meilleure façon de traverser ensuite la France. La solution vint rapidement de maître Fujisan, qui proposa d'utiliser leur nouvel aérostat. Quatre jours suffisaient pour le monter sur le pont et le remplir d'hydrogène, ce qui leur laissait largement le temps d'atteindre les côtes françaises. Ce moyen de transport, très rapide, leur éviterait en outre les désagréments des interminables routes cahoteuses. En suivant le bon rhumb, ils pouvaient espérer arriver au château de Thil en moins d'une demi-journée, au lieu de plusieurs jours par voie terrestre. Bien entendu, tous ne pourraient pas faire partie du voyage, car le nouvel aérostat ne permettait pas d'accueillir plus de douze personnes à son bord. Aussi, le capitaine Kutter trancha vite la question. En plus des deux savants, il désigna le même groupe qui s'était rendu sur l'île des Sages. Il accepta également la demande bien légitime d'Esther de Boer de participer aux recherches de son mari avec son majordome. Après quoi il en resta là quant au nombre de passagers. Toutefois, avant de mettre le cap vers la France, il trouva impératif de réparer le grand mât, même si le disque de métal n'avait pas causé de dommages préjudiciables à la navigation. Sans l'intervention rapide de la vigie et de maître Chow pour arrêter l'ascension, les conséquences auraient été désastreuses.

Dans l'immédiat, l'équipage effectua néanmoins une réparation provisoire en remplaçant simplement la partie supérieure du mât. Le travail nécessita moins d'une demi-journée et le pavillon noir, retrouvé sur le pont, put à nouveau flotter sur les hauteurs. Cependant, la Tête de mort ne sembla pas tout à fait satisfaite du résultat. Tenant son carnet de notes avec toutes les mesures qu'elle venait de relever, elle s'écria :

« Hé ! mais il me manque plus de vingt centimètres ! Alors, là, je n'en crois pas mes orbites ! Ils ont osé baisser la hauteur de mon mât. Quelle vue vais-je avoir maintenant ? Pour sûr, avec vingt centimètres de moins, mon champ de vision se trouve maintenant réduit de plusieurs encablures. C'est inadmissible ! Je suis outrée. Mes droits ont été bafoués. Oh ! mais il est hors de question que je laisse passer ça ! Je vais me plaindre aux plus hautes instances de ce navire. Et le capitaine n'aura pas intérêt à me sortir l'excuse des coupes budgétaires. Je n'ai pas envie de l'entendre me parler de récession. Qu'il coupe sur les autres mâts, la voilure et même les vivres de l'équipage si ça lui chante, mais mon mât, pas touche ! Cette place très élevée, je l'ai acquise à l'usure de mes os. Je la mérite plus que quiconque ! Elle est à moi. À MOI, VOUS M'ENTENDEZ ?! »

Sur ces revendications, l'infatigable Tête de mort remonta sa cordelette à mesurer en râlant de plus belle. Dans sa hâte, elle coinça malheureusement le poids de plomb fixé à l'extrémité entre le mât et l'une des amarres transversales, ce qui finit par l'enrager au plus haut point. Sentant une résistance, elle tira de toutes ses forces, avec rage, quand le cordage se libéra soudain. La suite se passa si vite qu'elle ne vit pas le plomb remonter brusquement. Elle sentit simplement ce violent coup sur le crâne qui la fit basculer en arrière. Sous le choc, elle resta quelques instants allongée avant de se redresser lentement.

« Ouille, ouille, ouille, ma tête ! Pour sûr, je ne me suis pas loupée cette fois. Voilà ce qui arrive quand on perd son sang-froid. »

La malheureuse Tête de mort se toucha le crâne à différents endroits, sans noter la moindre fêlure, mais pour s'en assurer elle se saisit d'un miroir et s'observa avec attention.

« Oh, non ! J'ai une marque sur mon os frontal. C'est affreux, je suis presque défigurée ! Si je sors de mon drapeau, l'équipage va la remarquer, c'est certain. Je n'ose pas y penser. Maman, quelle horreur ! Je dois absolument trouver un moyen de dissimuler cette imperfection. Tiens, si je mettais de la poudre de riz ! Non, non, ce ne sera pas suffisant. Un ponçage, c'est le mieux. J'ai justement la pierre ponce qu'utilisait ma mère. Après, il me suffira d'appliquer de l'huile de foie de morue pour rendre mon crâne plus lisse et agréable au toucher. Ensuite, seulement, je prendrai un rendez-vous avec le docteur Rogombo. Je n'ai peut-être pas de fracture, mais on ne sait jamais. La blessure est peut-être intérieure. Au moins, il pourra me faire passer une... Voyons, comment ça s'appelle déjà ? C'est un sigle en trois lettres... Ah, oui, une IRM ! Si je me souviens bien, cela signifie *Inspection des Râleuses Manipulatrices*. Attendez, mais qu'est-ce que je raconte ! Je ne suis ni une râleuse, ni une manipulatrice... En fait, je suis simplement une... Et puis, zut ! Le médecin me fera passer tous les tests à sigle qu'il veut. L'important, c'est de s'assurer que je n'ai rien de grave. »

Se sentant déjà un peu mieux, la Tête de mort s'apprêta à se relever quand elle aperçut un petit livre qui ressortait légèrement à l'arrière de son secrétaire, coincé par le bas. Intriguée, elle posa délicatement son miroir sur le sol et passa sous le meuble pour le dégager. Elle l'ouvrit et lut les premières lignes.

« Tiens, on dirait le journal intime de grand-mère ! Mais comment a-t-il pu se retrouver derrière mon secrétaire ? Quand Moustache me l'a rapporté, ce matin, je l'ai aussitôt rangé dans le tiroir du haut. J'ai même pris soin de le fermer à clé. »

Déterminée à éclaircir au plus vite ce mystère, la Tête de mort se leva prestement, oubliant jusqu'à sa douleur au crâne, puis elle sortit la clé cachée dans une petite cavité creusée dans l'os de son bassin. Sans plus attendre, elle ouvrit le tiroir de son secrétaire et découvrit un autre livre. Il était en tout point semblable au journal intime de sa grand-mère, même taille, même couleur. Stupéfaite, elle commença à lire la première page, mais ne trouva rien de précis sur l'identité de l'auteur, de sorte qu'il pouvait très bien s'agir de sa grand-mère. Elle poursuivit la lecture quand, soudain, elle s'étouffa presque :

« HEIN ! Grand-mère se trouvait trop poilue ! »

Choquée, elle poursuivit la lecture avant de s'écrier à nouveau :

« QUOI ! Elle n'aimait pas non plus la longueur de ses moustaches ! HEIN ! On lui a marché sur la queue aussi ! OH, MON DIEU !

Son père lui a reproché de laisser ses crottes sur le pont. Quelle horreur ! Mais pourquoi grand-mère a-t-elle écrit toutes ces atrocités sur sa vie passée ? »

La Tête de mort posa le dos de sa main sur son os frontal. La douleur du récent coup sur le crâne resurgit brusquement. Elle se sentit sur le point de perdre connaissance lorsqu'elle découvrit la date et le nom de l'auteur à la fin du texte, sur la page de derrière.

« Ce n'est pas le journal intime de grand-mère, mais celui de Ratasha ! Mais comment ai-je pu me fourvoyer de la sorte ? J'aurais dû être plus attentive quand Moustache m'a rapporté le livre. J'ai simplement feuilleté les pages très rapidement, convaincue que c'était celui de grand-mère. Pauvre Ratasha. Elle doit sûrement chercher son journal intime partout sur le navire en ce moment… Et dire que je l'ai prise pour une misérable voleuse. Je dois réparer au plus vite mon erreur ! Le temps de faire disparaître cette affreuse marque sur mon crâne, je contacterai Moustache pour qu'il lui rapporte son livre en toute discrétion. »

• • •

L'équipage de *La Fleur de lys* mit finalement le cap au nord en profitant des vents favorables. Cinq jours suffirent pour atteindre la côte basque française. Le capitaine fit jeter l'ancre à l'abri d'une baie non fréquentée, puis Flibus et les autres membres désignés pour aller investir le château de Thil embarquèrent aussitôt à bord de l'aérostat. Maître Fujisan le fit grimper à cinq mille pieds avant de trouver le rhumb favorable en direction de l'est. Ensuite, il se laissa lui aussi très vite envahir par la beauté du paysage. Il se rappela alors avec bonheur leur dernier voyage, malgré le petit incident qui avait failli lui coûter la vie[5]. Tournant son regard vers ses compagnons de voyage, il se réjouit d'autant plus en remarquant le même émerveillement sur leur visage.

---

[5] Voir le tome 2, *Les joyaux de Pékin*.

Selon lui, il ne pouvait y avoir de meilleur endroit qu'un aérostat pour admirer les splendeurs de la Terre.

Partis dans la matinée, Flibus et son groupe traversèrent presque toute la France, d'ouest en est, avant d'apercevoir le château de Thil en fin d'après-midi. Maître Fujisan ouvrit alors la soupape et libéra aussitôt l'hydrogène de l'enveloppe afin d'entamer la descente de l'appareil.

— Hé ! mais ce château m'a tout l'air d'être en ruine ! s'écria Le Bolloch. Vous étiez au courant ?

— Oui, le frère Octavio a pris soin de l'annoncer avant notre départ, avertit Flibus.

— Ah ! je n'avais pas fait attention. Il en a certainement parlé au moment où les gars se sont rués sur moi pour me questionner sur ce que nous avions vu dans le monastère.

L'aérostat poursuivit sa lente descente et se posa bientôt à proximité du château, situé tout près d'un village. Le Bolloch sauta le premier de la chaloupe avec Cenfort et Martigan afin d'amarrer l'appareil, puis il s'empressa de revenir en usant de galanterie pour aider madame de Boer à descendre de la nacelle. Elle ne cacha pas sa joie de sentir à nouveau le contact de la terre ferme sous ses pieds après toutes ces semaines passées en mer. Durant sa vie, elle avait eu peu d'occasions de voyager, mais elle était loin d'être une femme casanière. Très tôt, dans la ferme de ses parents, elle avait été habituée à travailler durement sans se plaindre. Et sa rencontre avec Bastiaan de Boer lui avait simplement permis de connaître alors une existence moins pénible. Elle n'avait cependant rien perdu de sa force de caractère face aux nombreux défis de la vie.

Maître Fujisan s'occupa des derniers réglages de l'aérostat avec l'aide de son confrère, tandis que les autres passagers débarquaient l'équipement. Ensuite, le temps de se dégourdir les jambes, Flibus constitua son groupe pour l'expédition. Madame de Boer, de son côté, choisit de se rendre au village voisin avec son fils et leur majordome afin de se renseigner sur son mari. Les savants, eux, préférèrent rester près de l'appareil placé sous la garde de Cenfort et Martigan. Ils n'étaient pas tellement attirés par l'idée de visiter des ruines et, surtout, ils voulaient s'assurer que les deux marins ne touchent à rien. Ils les trouvaient bien sympathiques, mais connaissant leur espièglerie coutumière, ils craignaient une catastrophe en les laissant seuls. Ils les savaient capables d'essayer l'aérostat, histoire de s'amuser un peu, au risque de le détériorer ou, pire encore, d'avoir un grave accident. C'était là un risque que maître Fujisan et son confrère n'étaient pas disposés à prendre.

10

LE TUNNEL DU SANCTUAIRE

Flibus et son groupe entrèrent dans l'enceinte semi-circulaire du château en ruine. À l'exception de quelques empreintes de pas sans doute laissées par les habitants du village voisin, rien ne permettait de supposer que l'endroit était encore occupé. Seuls les restes d'un logis seigneurial subsistaient encore, avec ses dépendances, ses cuisines voûtées et un haut donjon carré. L'exploration des lieux fut donc assez rapide, car le but de la visite consistait surtout à trouver la chapelle.

— Venez par ici ! Je crois l'avoir trouvée ! avertit Corsarez.

Tous se rejoignirent aussitôt dans la chapelle et cherchèrent l'issue décrite par le frère Octavio. À première vue, rien n'indiquait qu'un passage se trouvait dissimulé derrière l'un de ces murs, mais ils n'avaient aucune raison de douter de la parole d'un moine.

— Voilà la marque ! s'écria enfin Flibus tout en frottant la paroi en pierre.

Tous les regards se portèrent sur l'orifice libéré, puis Flibus plaça le médaillon que lui avait confié Ruud de Boer. Lorsqu'il le tourna vers la droite, un bruit s'entendit à l'intérieur du mur, mais sans pour autant provoquer d'ouverture.

— Ce n'est pas normal, soupira Le Bolloch.

— Rassure-toi, je m'y attendais, confia Flibus. Le frère Octavio a bien précisé qu'après avoir tourné le médaillon, il fallait pousser les quatre pierres de la croix.

— La croix ? Mais quelle croix ? Je ne vois pas de croix ici. Vous en voyez une, vous ?

Sans plus attendre, tous cherchèrent désespérément une croix dans la petite chapelle entièrement vide, quand le père Chouard s'exclama tout à coup :

— Mais oui, elle est bien là, sur le mur ! Regardez ces pierres autour de l'orifice. Celles du haut et du bas sont parfaitement alignées, tout comme les deux autres de chaque côté.

— Moi, je ne trouve pas que ça ressemble à une croix, rétorqua Le Bolloch.

— Le père Chouard a probablement raison, le reprit Flibus. Le frère Octavio a dit de pousser les quatre pierres de la croix, mais il a bien précisé aussi de respecter le signe de la croix pour pouvoir ouvrir l'accès. Il ne parlait pas forcément d'une croix qu'on pourrait s'attendre à voir dans une chapelle. Il voulait certainement insister sur le geste à faire pour le signe de la croix, c'est-à-dire : front, cœur, épaule gauche et épaule droite. Je pense donc qu'il faudrait pousser ces quatre pierres : en haut, en bas, puis à gauche et à droite.

— Je partage aussi cet avis, appuya l'aumônier. Nous pouvons toujours essayer et nous verrons bien.

Flibus appuya donc sur la pierre du haut qui s'enfonça aussitôt dans le mur dans un bruit de frottement très caractéristique. Celle du bas entra également, mais quand vint le moment de pousser la pierre de gauche, celle-ci resta bloquée.

— Je ne comprends pas.

— Il faut peut-être la pousser plus fort, lança Le Bolloch.

— C'est pourtant ce que j'ai fait. Si tu veux, tu peux essayer.

Mis au défi, le maître-voilier de *La Fleur de lys* se positionna et poussa à son tour de toutes ses forces, mais sans résultat.

— La suivante n'est peut-être pas celle de gauche, fit remarquer le père Chouard. Le troisième signe de croix se fait certes à l'épaule gauche, mais dos au mur ce serait l'inverse.

— Vas-y alors, essaie l'autre, commanda Flibus.

Le Bolloch poussa cette fois la pierre de droite qui bougea effectivement sans qu'il ait besoin de forcer. Or, dès qu'il enfonça la dernière, à gauche, une partie du mur pivota enfin devant les visages réjouis.

Devant la noirceur des lieux, Corsarez alluma les deux lanternes apportées pour l'expédition. Il en tendit une à Flibus et se réserva l'autre, puis ils s'engagèrent enfin dans le passage. Les compagnons descendirent bientôt une série de marches avant d'emprunter un tunnel souterrain qui montrait par endroits plusieurs signes d'éboulement. Des pierres échappées de la voûte jonchaient le sol et des racines sortaient du sol un peu partout, tels des tentacules prêts à s'agripper aux visiteurs. Il se dégageait également une odeur étrange, et il était bien difficile d'affirmer si elle était d'origine végétale ou animale. Flibus et ses amis avancèrent avec prudence.

— Le moine a-t-il précisé si cet endroit regorgeait de pièges ? s'empressa de demander Le Bolloch.

— Non, il a simplement dit de suivre le tunnel sur une distance de deux cents pas et qu'il nous amènerait directement devant l'entrée d'une salle.

Corsarez, qui tendait sa lanterne derrière Le Bolloch, se retourna un instant afin de s'assurer que le père Chouard se trouvait bien derrière lui. Ravi de le voir, il s'apprêta à se remettre dans le sens de la marche quand il aperçut une ombre passer un peu plus loin. L'aumônier grimaça en recevant la lumière en plein dans les yeux.

— Quelque chose ne va pas ?

— Non, tout va bien, mon père. J'avais simplement cru voir quelque chose, mais c'est probablement notre ombre. C'est vraiment stupide, je le reconnais.

Corsarez reprit vite sa place dans la file, mais au même moment, un étrange grognement résonna dans le tunnel, suivi d'une légère secousse qui provoqua aussitôt une chute de particules de terre depuis la voûte. Tout le groupe s'arrêta, en alerte.

— C'était quoi, ce bruit, selon vous ? demanda Le Bolloch.

— Je ne sais pas, répondit Flibus, en tête de marche, mais ça ressemblait à un cri d'animal. Restons sur nos gardes. Il s'agit peut-être d'un ours qui a élu domicile en ce lieu.

— Un ours ! s'étonna le maître-voilier. Mais comment aurait-il pu entrer depuis la chapelle ?

— Il doit sûrement y avoir un autre accès, supposa le quartier-maître. Il est possible aussi qu'un récent éboulement ait laissé une ouverture quelque part. Ce sont les seules explications que je vois. Bon, continuons d'avancer ! Plus vite nous aurons atteint le sanctuaire, plus vite nous quitterons cet endroit.

Les quatre hommes redoublèrent de prudence en prenant toujours soin de regarder où ils mettaient les pieds. Ils avaient parcouru quelques mètres encore lorsqu'ils aperçurent un rayon de lumière rougeâtre, suivi d'une ombre qui passa rapidement. Flibus crut même entendre un battement d'ailes, mais sans certitude. Alerté, il s'arrêta en levant le bras pour avertir ses compagnons quand le même bruit résonna, mais de façon plus claire cette fois. De toute évidence, ils n'étaient pas seuls dans ce tunnel. Par contre, ils avaient maintenant la conviction qu'il ne s'agissait pas d'un ours, mais d'un animal volant. De quelle taille ? Ça, ils n'en avaient aucune idée. Le quartier-maître leva plus haut sa lanterne pour donner davantage de clarté quand il vit une masse venir à toute vitesse dans leur direction.

— SORTEZ VOS SABRES !

Le temps qu'ils se saisissent de leurs armes, une énorme bête surgit avec fureur en lançant un cri strident. Jamais ils n'avaient vu une pareille créature. Il s'agissait d'une sorte de gros serpent muni de larges ailes membraneuses et d'une gueule béante aux crocs acérés. Son apparence faisait penser à un dragon sans pattes et dont la queue finissait en pointe de lance.

Brandissant leurs sabres, Flibus, Corsarez et Le Bolloch établirent aussitôt une ligne de défense devant le père Chouard, qui n'était pas armé. La bête, qui mesurait dans les trois ou quatre mètres, ne sembla toutefois pas impressionnée et gronda de plus belle pour montrer toute sa férocité.

— Je croyais qu'il n'y aurait aucun danger à traverser ce tunnel souterrain ! s'écria Le Bolloch. Ce n'est pas ce que le frère Octavio avait dit ?

— Oui, mais il ne devait pas être au courant qu'une créature y avait établi son repaire depuis, répondit Flibus tout en grimaçant face au nouveau rugissement, sinon il nous l'aurait fait savoir, c'est certain.

— Hé ! vous avez vu ce que cette créature porte sur son front ? fit remarquer Corsarez.

Ce ne serait pas la fameuse escarboucle dont parlait le père Bernardo ?

— C'est possible, reconnut Flibus. En tout cas, elle correspond à la description que ces moines en ont faite.

Au même moment, le serpent-dragon plongea brusquement sa tête et attrapa le sabre de Le Bolloch, mais ses amis réagirent rapidement en frappant la bête par les côtés. Ils ne réussirent cependant qu'à la blesser légèrement, car elle recula aussitôt en jetant l'arme vers l'arrière comme une vulgaire brindille. Cette riposte accentua même sa rage, puisqu'elle se mit tout à coup à battre violemment des ailes contre la voûte. Les coups étaient si forts que des pierres de soutien tombèrent à différents endroits en entraînant avec elles une grande quantité de terre.

— NE RESTONS PAS ICI ! avertit Flibus. Cette créature est sur le point de nous enterrer vivants.

Les quatre hommes rebroussèrent chemin, mais la bête ne prit pas la peine de se lancer à leur poursuite. Elle préféra continuer d'agiter ses puissantes ailes comme si elle cherchait à provoquer un éboulement. La voûte finit effectivement par céder et toute la structure commença à s'affaisser. En un instant, des tonnes de pierre et de terre envahirent le tunnel, telle une réaction en chaîne qui se dirigea à toute vitesse vers Flibus et ses amis, qui tentaient de fuir. Ils entendaient derrière eux le bruit infernal provoqué par l'effondrement, mais ils ne perdirent pas de temps pour se retourner. Ils coururent aussi vite que possible. Ils virent bientôt les marches conduisant à la chapelle, mais au même moment, le père Chouard trébucha sur une pierre et tomba lourdement à terre. Le Bolloch ne put l'éviter et chuta à son tour sur lui. Heureusement, leurs amis réagirent rapidement et les aidèrent à se relever pour repartir. Toute la voûte s'écroula peu après, tandis que l'aumônier et Corsarez étaient déjà en train de grimper l'escalier de pierre. Les deux hommes se retournèrent alors pour vérifier si leurs amis les suivaient, mais en voyant Le Bolloch monter seul derrière, ils s'alarmèrent.

— Où est Ian ? demanda Corsarez.

— Comment ça où il est ? s'étonna le maître-voilier. Il n'est pas devant vous ?

— Non. Redescendons, vite ! Il a probablement été pris par l'éboulement. Attendez-nous là, père Chouard !

Les deux marins se dépêchèrent de descendre les marches, à travers un épais nuage de poussière. L'obscurité était telle que la lanterne ne suffisait pas à les éclairer. Ils se mirent alors à appeler leur ami en toussant fortement. Très incommodé par les particules de poussière de terre en suspension dans l'air, Le Bolloch s'approcha prudemment en tâtant le mur, quand il sentit tout à coup une main l'attraper par la cheville.

— JE L'AI TROUVÉ !

Sans plus attendre, le maître-voilier de *La Fleur de lys* tira de toutes ses forces sur le bras de son quartier-maître avant d'être secouru par Corsarez. Très vite, ils déterrèrent leur ami qui avait été presque entièrement enseveli. Ils l'entraînèrent ensuite tant bien que mal dans les escaliers, sous les encouragements du père Chouard qui les appelait depuis le haut pour les guider avec sa voix.

Après avoir refermé la porte de pierre et récupéré le médaillon, les quatre hommes sortirent de la chapelle sans demander leur reste. Une fois à l'extérieur, ils aspirèrent l'air par grandes bouffées, soulagés d'avoir pu échapper à l'éboulement du tunnel. La nuit était déjà tombée, accompagnée d'une brise légère. Ils prirent le temps de souffler encore un peu, puis ils se dépêchèrent de quitter les ruines du château de Thil et de retrouver leurs amis qui s'étonnèrent de les voir recouverts de terre de la tête aux pieds.

11

LA PIERRE-QUI-VIRE

Après avoir brièvement rapporté leur mésaventure, Flibus proposa de rejoindre les de Boer et leur majordome au village voisin afin d'y trouver une auberge. Maître Fujisan hésita un instant à laisser son aérostat sans surveillance, mais l'idée de passer la nuit à la belle étoile ne l'enchantait pas vraiment. Il ne voulait pas non plus imposer une nouvelle garde à Cenfort et Martigan. Eux aussi avaient bien le droit de dormir au chaud, avec un meilleur confort. Puis, il voyait mal comment quelqu'un pourrait s'emparer de son appareil en pleine campagne. Encore fallait-il savoir le manœuvrer. Sa seule crainte, finalement, était qu'il soit détérioré par quelques jeunes du coin, mais en pleine nuit, dans une région si peu habitée, une telle probabilité était plutôt faible.

Sans plus attendre, Flibus récupéra sa bourse aux pièces d'or inépuisables[6] laissée dans la chaloupe. Au même moment, un cri strident traversa les airs. Les compagnons levèrent la tête et virent la créature rencontrée dans le tunnel du château surgir brusquement au-dessus d'un bois situé à une cinquantaine de mètres de leur position.

— Ce n'est pas possible ! s'écria Le Bolloch. Je croyais qu'elle s'était fait prendre à son propre piège. À moins qu'il y en ait deux !

— Peu importe, rétorqua Flibus en cherchant vite un abri du regard. Suivez-moi, dépêchez-vous !

Le quartier-maître entraîna aussitôt ses compagnons dans une allée d'arbres éclairée par une lune laiteuse. Elle menait directement à une collégiale, bien visible avec son haut clocher carré à contreforts. Se cacher dans les

[6] Voir le tome 4, *La Terre des Géants*.

ruines du château représentait un trop grand risque après l'expérience qu'ils y avaient vécue. D'ailleurs, personne ne discuta les ordres face à l'urgence. L'important était de trouver un endroit sûr. En longeant l'allée, ils perdirent soudain la bête de vue, mais ils ne s'arrêtèrent pas pour autant de courir, car elle pouvait encore surgir à tout instant de nulle part, tel un prédateur habitué à surprendre ses proies. Elle ne tarda pas justement à réapparaître par l'arrière et à les prendre en chasse dans un battement d'ailes vigoureux, tandis qu'ils se trouvaient encore à une centaine de mètres de la bâtisse.

Le Bolloch arriva le premier devant la grande porte de la collégiale et chercha à l'ouvrir sans attendre un instant, avant de frapper à grands coups, vite imité par Cenfort et Martigan, qui hurlèrent de plus belle qu'on vienne leur ouvrir. Toujours dans l'allée, Flibus avait cependant ralenti pour encourager les deux savants et le père Chouard à se dépêcher. Ils ne tardèrent pas à rejoindre les autres devant la porte au moment où la créature fondait droit sur eux en lançant des cris stridents.

Flibus et Corsarez se placèrent immédiatement devant leurs amis pour former une ligne de défense. Ils reconnurent aussitôt la créature du tunnel avec son escarboucle sur la tête et les blessures qu'ils étaient parvenus à lui infliger. Brandissant bien haut leurs sabres, ils tentèrent de l'effrayer tout en avançant, mais le serpent-dragon recula à peine. Il semblait loin d'être intimidé par la manœuvre et le fit vite savoir en battant vigoureusement des ailes. Flibus commença à regretter son choix d'avoir entraîné ses compagnons à cet endroit. Tout en restant vigilant, il cherchait à nouveau du regard une autre issue possible quand un bruit de verrou de porte s'entendit enfin.

— Entrez, vite! invita aussitôt le vieil homme qui venait d'ouvrir.

Les premiers s'engouffrèrent prestement, suivis par Flibus et Corsarez, qui assurèrent le repli en reculant face à la bête. Ils refermèrent ensuite rapidement la porte derrière eux, soulagés d'être enfin à l'abri.

Le serpent-dragon continua de pousser des cris durant quelques instants, puis il s'éloigna enfin dans les airs. Il était cependant à peine parti que Flibus s'écria :

— Oh, non ! Les de Boer et Willem ! Il faut les avertir avant qu'ils regagnent l'aérostat. Vous allez m'attendre ici.

Le quartier-maître de *La Fleur de lys* avait déjà ouvert la porte, mais Le Bolloch l'arrêta :

— Laissez-moi y aller !

— Je ne comprends pas. Ça change quoi que ce soit toi ou moi ?

— Ce n'est pas votre rôle, monsieur. Un commandant se doit de rester auprès de ses hommes. Or, en l'absence du capitaine, c'est vous LE commandant. C'est pourquoi je demande la permission de me rendre au village pour avertir nos amis.

— Moi, je sais pourquoi il préfère y aller, jeta Martigan. Je crois qu'il en pince pour Esther de Boer.

— QUOI ! Mais qu'est-ce que tu racontes ? se défendit vivement Le Bolloch. Tu es tombé sur la tête, ma parole !

— Mouais, à d'autres. Écoute, je t'ai bien vu t'empresser de venir vers elle pour l'aider à descendre de la chaloupe à notre arrivée. Si tu avais vu ton visage complaisant quand tu lui as dit : « Permettez, madame… je vous en prie, madame… »

— Mais, euh… balbutia le maître-voilier. C'était par pure galanterie, tout simplement. Le fait d'être marin ne nous interdit pas de rester courtois envers les dames, que je sache… Écoute, c'est une femme mariée. Je ne me permettrais pas de lui faire la cour, voyons. De toute façon, je ne vois pas pourquoi je devrais me justifier sur ce que je lui ai dit. Ça ne te regarde pas. Avec tes réflexions déplacées, tu nous fais perdre un temps précieux pour aller avertir nos amis.

— Il a raison, trancha rapidement Flibus. Bon, d'accord, Le Bolloch, tu peux y aller.

— Merci, monsieur.

— Tu nous attendras au village avec eux. Ce serait trop risqué de les amener ici. Tiens, prends cette bourse pour payer notre repas et le coucher ! Il doit certainement y avoir une auberge pour nous accueillir...

Le vieil homme confirma, sans toutefois pouvoir garantir qu'ils trouveraient de place pour autant de voyageurs. Le Bolloch se saisit du sabre que lui lança Cenfort et partit prestement en passant par les côtés de la bâtisse. Flibus et les autres se tournèrent alors vers leur hôte pour le remercier plus longuement.

— Je suis vraiment navré de n'avoir pu vous ouvrir plus tôt, mais je suis seul pour garder cette vaste demeure.

— Vous êtes seul dans cette collégiale ! s'étonna le père Chouard. Les chanoines ne sont pas ici ?

— Oh ! vous savez, il y a bien longtemps que cette collégiale n'est plus habitée par des chanoines. Elle a été vendue comme bien national durant la Révolution, et j'en suis le modeste gardien.

Le vieil homme octogénaire leva fébrilement sa chandelle pour mieux observer ses visiteurs.

— Je ne pense pas vous avoir déjà vus dans le village, sinon je m'en souviendrais. Malgré mon âge avancé, j'ai gardé une excellente mémoire, et vos visages de cultures diverses ne me disent rien.

— Oui, nous sommes de passage, confia Flibus sans chercher à s'étendre sur l'identité de chacun et les circonstances de leur venue. Nous ne pensions pas toutefois faire une telle rencontre en arrivant. Quelle est donc cette créature qui nous a attaqués ? L'aviez-vous déjà vue auparavant ?

— C'est une vouivre, répondit tout naturellement le vieil homme.

— Une vouivre ! Mais comment une telle créature a-t-elle pu trouver demeure dans cette région ?

— Malheureusement, nul ne connaît sa véritable origine. Nous savons simplement qu'elle a été aperçue à de nombreuses reprises à différentes époques. J'ai moi-même été témoin de ses apparitions, mais, pour être honnête avec vous, je ne l'ai jamais vue d'aussi près qu'au moment où je vous ai ouvert la porte. D'ailleurs, cela faisait au moins trois ans que personne n'avait rapporté sa présence dans les environs. Nous pensions même qu'elle était partie, mais nous étions dans l'erreur, de toute évidence. Par contre, je me demande ce qui a bien pu la forcer à réapparaître et à vous prendre en chasse de la sorte. Quelquefois, il nous arrivait de l'apercevoir survolant le donjon du château, mais d'habitude elle ne quittait jamais le marais du Brouillard ou le bois avoisinant. C'est loin d'être rassurant, je dois l'avouer. Voilà qui risque de susciter encore l'inquiétude des parents du village.

— Que voulez-vous dire ? demanda Flibus.

Le vieil homme se fit hésitant. Le regard fixé sur la flamme de sa chandelle, il garda le silence comme si ses pensées l'avaient brusquement entraîné des années en arrière. Puis, finalement, il raconta son histoire.

• • •

Pendant ce temps, au village, les de Boer et leur majordome avaient déjà rencontré plusieurs habitants. Personne ne se souvenait toutefois d'avoir récemment vu un homme correspondant à la description du professeur. Aussi, devant l'heure tardive, ils décidèrent de rejoindre leurs amis, mais avec l'intention de revenir le lendemain matin. En rebroussant chemin, ils virent cependant un homme sortir de sa maison et vider un seau d'eau près de l'entrée. Ils s'approchèrent de lui et se renseignèrent encore à tout hasard.

— Un Hollandais, dites-vous ! Hmm... Il est bien venu un étranger, il y a quelques mois de cela. Il avait un accent comme le vôtre, il me semble, mais je ne saurais affirmer s'il était Hollandais. Peut-être bien, après tout. Par contre, il correspond à la description que vous m'en faites. Je travaillais au champ quand il est passé tout près de moi ce jour-là. C'était le matin. Je m'en souviens bien, car Lucienne – Lucienne, c'est ma femme – était venue m'apporter la musette que j'avais oubliée chez nous. Notre champ est situé juste à la sortie du village, donc ce n'est pas très loin, vous voyez. Gaston, mon fils, était là aussi. Il avait accompagné sa mère. C'est même lui qui portait la musette. Vous auriez dû le voir, mon petit, tellement il était fier. Il n'a pas encore trois ans, mais il est déjà bien solide pour son âge. Je vous l'aurais bien présenté, mais il dort déjà à cette heure-ci. Enfin, je ne voudrais pas m'étendre sur des détails de famille, seulement, quand ce monsieur est passé, ce matin-là, je n'ai pas pu m'empêcher de l'observer. C'est là que je me suis dit : « Fernand – Fernand, c'est moi –, cet homme, ce n'est pas la première fois que tu le vois dans les parages. » Eh bien, figurez-vous que je ne m'étais pas trompé ! Bien sûr, je me suis empressé de lui demander où je l'avais vu exactement, et c'est là qu'il m'a appris, avec un bel accent comme le vôtre, qu'il était déjà venu au village trois ans plus tôt. Ensuite, nous avons continué à discuter de choses et d'autres, de la beauté du pays, du climat en cette saison…

— Vous a-t-il donné la raison de sa venue ? demanda vivement Esther de Boer, convaincue qu'il s'agissait bien de son mari.

— Eh bien, en y repensant encore, je dois vous avouer que sa réponse m'a paru quelque peu étrange quand je lui ai également posé la question.

— Qu'entendez-vous par étrange ? voulut savoir Ruud de Boer.

— Je dis étrange, car il voulait se rendre au marais du Brouillard.

— Au marais du Brouillard ! s'étonna madame de Boer. Mais que pouvait-il bien aller faire dans un marais ?

— Oh ! je lui ai aussi posé cette question, pensez-vous ! Il m'a alors répondu qu'il faisait une étude sur l'origine des marais ou quelque chose du genre. Bien sûr, je n'ai pas cherché à connaître les détails de ses recherches. Après tout, s'il voulait visiter le marais, cela le regardait. Je lui ai donc indiqué où il se trouvait et il est parti peu après dans cette direction.

— Et ensuite ? L'avez-vous revu ? demanda cette fois Ruud de Boer, plein d'espoir.

— Non. Je suis pourtant resté toute la journée au champ. Peut-être est-il repassé après mon départ ? Je ne sais pas…

Un bruit de porte arrêta brusquement la conversation, tandis qu'un cri d'animal s'entendit au loin. Personne n'y prêta vraiment attention cependant. Après tout, il n'y avait rien de surprenant à entendre des cris animaux nocturnes en pleine campagne.

— Fernand, fais un peu moins de bruit ou tu vas réveiller le petit ! demanda la dame qui apparut sur le seuil.

Le mari s'excusa et invita sa femme à le rejoindre pour lui présenter la famille de cet étranger qui leur avait demandé le chemin du marais. Le petit groupe poursuivit la discussion en essayant de ne pas trop lever la voix. Esther de Boer se força à croire que son époux était toujours en vie, même si ce couple ne l'avait pas revu depuis cette rencontre. Ruud et elle, tout comme leur majordome, avaient au moins l'assurance qu'il était bien revenu en Europe après son séjour sur l'île de Saint-Martin.

Pendant ce temps, dans la maison, le petit Gaston dormait paisiblement dans sa chambre lorsqu'un bruit lui fit soudainement ouvrir les yeux. Attiré par le reflet de la lune, il se leva et s'approcha de la fenêtre donnant à l'arrière. Avec son regard d'enfant rempli d'innocence, il observa un instant le ciel puis le paysage sombre qui se dessinait à l'horizon, lorsqu'une lueur rouge scintilla au loin à travers une ligne d'arbres. Il posa sa petite main sur la fenêtre comme pour se saisir de cette étrange lumière, puis il se retourna en laissant l'empreinte de ses doigts sur le carreau. Il se dirigea vers la porte et sortit de sa chambre en silence, sans précipitation. Il passa devant la chambre de ses parents, mais il ne chercha pas à y entrer comme il avait l'habitude de le faire quand il se réveillait en pleine nuit. Il descendit directement les marches dans l'obscurité et, une fois arrivé en bas, il se rendit dans la cuisine et ouvrit la porte de derrière sans prendre la peine de se chausser. Vêtu d'une simple chemise blanche, il traversa le jardin et prit la direction du bois situé non loin du château en ruine. Ni ses parents ni les voisins ne se rendirent compte de son départ.

Haut comme trois pommes, le petit Gaston marcha ainsi pieds nus dans la nuit sans se retourner, toujours attiré par cette lueur rouge au loin. Plus il s'approchait, plus elle scintillait à travers les arbres. Cependant, au moment où il atteignit l'orée du bois, l'étrange lumière s'évanouit brusquement. Il s'arrêta alors, surpris de ne plus la voir, perdant du coup son seul repère. Cette fois, il regarda tout autour de lui, mais il ne reconnut pas les lieux. Il se demanda soudain où était passé son lit. Il se rappelait s'être levé pour aller jusqu'à la fenêtre, mais il ne comprenait pas pourquoi il ne se trouvait plus dans sa chambre. Même sa maison semblait avoir disparu comme par magie. Pas du tout rassuré, il pensa alors à sa maman et son papa. Il n'eut alors qu'une seule envie, c'était de les rejoindre dans leur lit et de se blottir tendrement tout contre eux. Il les appela pour qu'ils viennent vite le chercher, mais personne ne vint. Il était sur le point de pleurer quand une autre lueur apparut un peu plus loin, à fleur de terre. Il en oublia aussitôt sa peur et ses parents, puis il se rapprocha pour mieux la voir. Cette fois, l'éclat n'était pas rouge, mais plutôt doré, comme des rayons de soleil qui jaillissaient du dessous d'un rocher. Une fois devant, il vit une pièce toute scintillante à ses pieds, puis une autre juste à côté. Il s'accroupit et les ramassa pour bien les admirer avec ses deux jeunes prunelles, puis il referma sa petite main au poignet encore bien dodu. Un sourire d'amusement se dessina alors sur son visage lorsqu'il vit que l'éclat des pièces passait au travers de ses doigts. Posant de nouveau son regard sur le rocher, il se laissa finalement attirer par cette lumière venant d'en dessous. Curieux, il essaya de pousser la grosse pierre. Il l'avait cependant à peine touchée qu'elle se mit à trembler, avant de se déplacer sur le côté pour faire apparaître une ouverture éclairée de mille feux. Le petit Gaston n'hésita pas un seul instant et entra dans la cavité sans se soucier du danger. Le rocher se referma ensuite au-dessus de lui et l'éclat disparut aussitôt.

12

LA COLÈRE DES VILLAGEOIS

Les de Boer et leur majordome venaient de quitter le couple de villageois qui les avait renseignés quand Le Bolloch arriva à leur rencontre d'un pas rapide. D'un air grave, le marin s'empressa de leur raconter l'attaque du serpent-dragon et les mesures prises par son quartier-maître pour assurer leur sécurité. N'ayant d'autre choix que d'attendre, ils cherchèrent donc ensemble une auberge qui pourrait les accueillir tous. Ils en trouvèrent une au bout du village, mais comme ils s'y attendaient, l'aubergiste leur fit part du manque de place pour onze voyageurs. L'homme trouva cependant vite une solution lorsqu'il vit le marin sortir une bourse de pièces d'or et le payer généreusement pour résoudre ce petit problème. Pour cela, sa femme et lui n'hésitèrent pas à proposer leur propre chambre.

Pendant ce temps, à quelques maisons de là, Lucienne Besançon décida d'aller voir son petit Gaston avant de rejoindre son mari. Elle ne manquait jamais de venir le voir avant de se coucher pour lui donner un dernier baiser sur le front et lui remettre sa couverture au besoin. Très vite, elle remarqua la porte de sa chambre grande ouverte, mais elle ne s'en inquiéta pas pour autant. Elle savait que son fils se levait souvent pour l'ouvrir davantage après qu'elle ou son mari l'avaient fermée aux trois quarts. Il se montrait déjà très perspicace pour son âge. Elle sourit d'ailleurs en y repensant, puis posa sa chandelle sur le petit meuble placé dans le couloir. Elle entra ensuite tout doucement dans la pièce éclairée par la lune, curieuse de voir dans quelle position étrange son petit Gaston dormait encore. « Qu'est-ce qu'ils peuvent bouger en dormant à cet âge ! » faisait-elle souvent remarquer à son mari. Cependant, il ne lui fallut guère de temps pour noter l'absence de son fils dans le lit. Elle pensa alors le retrouver endormi sur le sol, de l'autre côté, comme c'était déjà arrivé, or elle ne le vit pas. Intriguée, elle tâta le drap au cas où elle l'aurait mal vu, mais elle constata bien vite qu'il n'était pas là. Elle regarda ensuite sous le lit ; sans résultat non plus. Cette fois, l'inquiétude l'envahit et elle n'hésita pas à l'appeler :

— Gaston. Où es-tu, mon garçon ?

Fernand Besançon arriva peu après en tenant la chandelle :

— Qu'y a-t-il ?

— Gaston n'est pas dans son lit. J'ai regardé partout dans sa chambre, mais je ne l'ai pas trouvé.

— Il s'est peut-être caché.

Sans plus attendre, les Besançon cherchèrent leur fils dans toutes les pièces. Ils inspectèrent le moindre recoin susceptible de servir de cachette, mais ils ne trouvèrent toujours pas. Ils avaient beau l'appeler, il ne répondait pas.

— J'ai un mauvais pressentiment, Fernand ! confia Lucienne Besançon.

— Voyons, qu'est-ce que tu racontes ? Il ne doit pas être bien loin. Nous l'avons mal cherché tout simplement.

Les parents de Gaston repassèrent dans les mêmes pièces. Ils sortirent ensuite dans le jardin au cas où leur fils aurait été attiré par un chat du village ou un rongeur, mais là non plus, aucune trace de lui. Cette fois, Fernand Besançon s'inquiéta sérieusement et fut bien obligé d'aller chez les voisins pour se renseigner. Bientôt, plusieurs habitants sortirent de leur maison et commencèrent à chercher l'enfant aux alentours, mais sans succès. Le petit Gaston avait bien disparu et, comme cela s'était déjà produit dans le passé, les plus pessimistes partagèrent rapidement leur opinion :

— La vouivre est revenue.

— Quel malheur ! Elle a emporté l'enfant dans son repaire…

— Ne sautons pas trop vite aux conclusions, mes amis ! arrêta le médecin venu participer aux recherches. Vous n'allez quand même pas croire à cette vieille légende. Vous savez tous très bien que la vouivre n'existe pas. C'est un conte pour enfants afin de les forcer à ne pas sortir de leur maison la nuit.

— Je ne suis pas d'accord ! assura un villageois. Je l'ai déjà vue…

— Moi aussi ! confirma un autre. C'était il y a trois ans. Une nuit, je l'ai aperçue qui volait au-dessus du château en formant une traînée de feu. C'était la veille de la disparition de la petite Pierrette.

Tous se rappelèrent avec horreur cette tragédie, surtout le père qui était présent. Toute la nuit, et durant les jours suivants, ils avaient recherché l'enfant partout. La petite Pierrette fut malheureusement introuvable, malgré l'enquête des gendarmes venus de la ville.

— Mais pourquoi la vouivre se serait-elle à nouveau manifestée ? demanda une habitante.

— Parce que le péché s'est encore installé dans notre village, expliqua la doyenne, une fervente croyante octogénaire, toute vêtue de noir. Je suis sûre que certains, parmi vous, n'ont pas la conscience tranquille en ce moment même. Ces derniers temps, j'ai noté qu'il y avait moins de monde à l'office, le dimanche. Il ne faut donc pas s'étonner de revoir la vouivre. Sa présence est un signe de la providence pour nous avertir…

— Et pourquoi faudrait-il toujours que nous soyons responsables ? objecta un autre. Ne trouvez-vous pas surprenant qu'elle réapparaisse justement au moment où ces étrangers sont arrivés ? Ils n'ont pas arrêté de poser toutes sortes de questions.

— Il a raison ! appuya un autre villageois. Ce sont probablement eux les responsables du retour de la vouivre. Pas plus tard que cet après-midi, je les ai vus arriver depuis les airs.

Ils voyageaient dans une sorte de barque volante accrochée à je-ne-sais-quoi. Il y avait une dizaine de passagers à son bord. Ils se sont posés non loin du château. Je ne serais d'ailleurs pas surpris qu'ils soient encore là-bas et qu'ils aient provoqué la vouivre par l'une de leurs convoitises.

Plusieurs s'étonnèrent d'entendre ce témoignage et, très vite, les soupçons se portèrent sur ces visiteurs. Le médecin et quelques villageois tentèrent de calmer les esprits, mais sous prétexte de la disparition du petit Gaston, la majorité se laissa emporter par le mouvement de foule. Les uns se saisirent aussitôt de fourches, les autres de faux, puis un groupe fut constitué pour se rendre là où les étrangers s'étaient posés. Certains, toutefois, ne cachèrent pas leur crainte d'avoir affaire à des esprits maléfiques à l'apparence humaine, sans doute envoyés par le diable en personne. Ils devaient donc peut-être s'attendre à mener un combat difficile contre ces mystérieux êtres venus du ciel.

Fernand Besançon s'opposa tout d'abord à cette action, préférant plutôt se concentrer sur les recherches de son Gaston, mais les meneurs réussirent à le convaincre. Selon eux, si ces étrangers étaient responsables de la disparition de son fils, ils pourraient probablement leur dire où le trouver.

Munis aussi de torches, les villageois traversèrent ainsi les rues en entraînant avec eux d'autres habitants, plus ou moins informés de la situation. À la sortie du village, ils prirent aussitôt le chemin du château en levant la voix comme pour se donner le courage de continuer face au danger. Ils aperçurent très vite l'étrange barque au loin avec son enveloppe qui s'élevait près de la cime des arbres. Ils s'approchèrent avec prudence, mais en ne voyant aucun étranger dans les parages, ils les cherchèrent finalement dans les ruines du château, en vain.

— Ils n'ont pas pu disparaître aussi facilement ! s'écria un villageois.

— Ils se sont peut-être volatilisés dans les airs, supposa un autre.

— En laissant leur moyen de transport ? Non, j'en doute. Ils ne sont certainement pas loin. On va les retrouver, j'en suis sûr. Ils ont dû nous voir arriver de loin et ils se sont cachés…

— Regardez, voilà déjà ceux qui étaient au village ! avertit l'un d'eux en apercevant un autre groupe de villageois escorter les quatre étrangers.

Sans plus attendre, le meneur s'avança d'un air autoritaire :

— Qu'avez-vous fait de l'enfant ?

— L'enfant ! Mais quel enfant ? s'étonna Esther de Boer la première. Écoutez, allez-vous enfin nous dire ce qui se passe ici ? Pourquoi nous avoir fait sortir de l'auberge avec autant d'insistance et de brutalité, comme si nous étions de véritables criminels ?

— Ne faites pas l'innocente ! Vous pensez peut-être pouvoir nous amadouer parce que vous avez l'apparence d'une femme, mais avec moi, ça ne marche pas. Avouez que c'est le diable qui vous envoie !

Le Bolloch se débattit au même moment en s'opposant :

— Je vous défends de parler de la sorte à une dame ! Qu'est-ce qui vous prend, à la fin ?

— Il me prend qu'un enfant a disparu peu après votre arrivée au village.

— Voyons, vous ne pensez tout de même pas que nous sommes impliqués dans sa disparition ? intervint cette fois Ruud de Boer. Nous étions simplement venus au village pour nous renseigner. De nombreux habitants pourront en témoigner.

— Peut-être, mais vos amis, où étaient-ils pendant tout ce temps ? Que faisaient-ils ici au juste ? Dites-nous où ils se cachent !

— Non ! On ne vous dira rien ! refusa Le Bolloch. Eux non plus n'ont rien à voir dans cette disparition. Vous vous trompez de coupables.

— Hé ! venez voir par ici ! avertit tout à coup un villageois parti un peu plus loin. Je crois savoir où ils se sont réfugiés.

À l'aide de sa torche, l'homme montra aussitôt les traces de pas toutes fraîches sur le sol. Elles menaient vers la collégiale. Convaincus qu'elles avaient été faites par les étrangers, les villageois se dirigèrent donc vers la bâtisse en entraînant avec eux leurs premiers prisonniers. Arrivé devant la grande porte, le meneur somma sur-le-champ :

— Ouvrez ! Nous savons que vous êtes là !

À l'intérieur, Flibus et ses amis s'étonnèrent d'entendre ce mouvement de foule. Mais le gardien de la collégiale comprit très vite la situation. Il leur confia avec regret :

— C'est la vouivre, j'en suis sûr. Il a dû se produire un malheur au village, et les habitants vous croient sans doute responsables.

— Vous voulez dire qu'un enfant pourrait avoir disparu comme dans cette histoire que vous nous avez contée ? s'enquit Flibus.

— Je le crains, malheureusement. Sinon, je ne vois pas ce qui aurait pu provoquer ce soudain rassemblement.

— Dans ce cas, nous allons sortir et leur expliquer que nous n'avons rien à voir dans cette disparition.

Le quartier-maître s'apprêta à ouvrir la porte quand Corsarez l'arrêta :

— Attends, Ian. Tu es sûr que c'est la meilleure solution ? On ne sait pas combien ils sont dehors. Ils sont probablement tous armés et poussés par un esprit de vengeance. Nous risquons de ne pas faire le poids.

— Je sais, Émilio, mais je ne vois pas comment nous pourrions régler ce conflit autrement. Si nous restons ici, ils vont penser que nous ne contestons pas leurs accusations. Non, le dialogue est le seul moyen de leur faire entendre raison.

Corsarez n'insista pas et laissa son ami ouvrir la porte.

— Les voilà, ils sortent ! avertit tout haut un villageois.

— Emparons-nous d'eux ! cria un autre.

— Attendez, je vous en prie ! intervint aussitôt Flibus. Vous commettriez une grave erreur en nous attaquant. Nous sommes marins et nous savons très bien nous battre, vous pouvez me croire. Bien sûr, je ne prétends pas que nous aurions finalement le dessus sur vous en raison de votre grand nombre, mais si nous entrons dans un affrontement, plusieurs d'entre vous n'y survivront pas. Réfléchissez bien ! Pensez-vous vraiment vouloir risquer vos vies ? Que deviendront vos femmes et vos enfants qui attendent votre retour dans l'inquiétude ?

— Justement, parlons-en, des enfants ! répondit le meneur. Par votre faute, un enfant de trois ans a disparu…

— Attendez, pas si vite ! s'interposa finalement le père Chouard en se plaçant devant les villageois soudain étonnés de voir un prêtre. Cette accusation est trop facile. Nous n'avons rien à voir dans cet enlèvement, je peux vous l'assurer ! Nous compatissons à votre douleur, croyez-moi. La disparition de cet enfant nous affecte tout autant, mais ce n'est pas en venant ici pour vous en prendre à nous que vous réussirez à le ramener…

— Il a raison ! reconnut cette fois l'un des habitants. C'est un prêtre, et les prêtres ne mentent pas.

Profitant de ce premier soutien, le père Chouard enchaîna au milieu des murmures qui s'élevaient du groupe de villageois :

— Écoutez, mes frères. Tout comme vous, nous recherchons deux personnes disparues ici même. Le gardien de cette collégiale nous a affirmé à l'instant avoir rencontré l'un d'eux il y a trois ans, précisément à l'époque où certains d'entre vous ont dit avoir aperçu cette vouivre. Cet homme se trouve être un moine, et ce sont ses frères du monastère de l'île des

Sages qui nous ont envoyés ici pour le rechercher. Quant à l'autre disparu, il s'agit d'un professeur hollandais, mais nos amis ont sans doute dû vous l'apprendre en venant au village…

— Il dit vrai ! appuya cette fois Fernand Besançon. Nous perdons un temps précieux en restant ici. Laissons ces gens en paix et concentrons-nous sur nos recherches pour retrouver mon petit Gaston ! Sa mère attend de nous voir revenir tous les deux et de serrer son enfant dans ses bras.

L'agressivité qui s'était emparée d'une partie des villageois s'estompa progressivement. Plusieurs commencèrent à rabattre leurs fourches et leurs faux, puis Fernand Besançon prit cette fois l'organisation du groupe.

— Attendez ! l'interpella cependant Flibus. Acceptez que l'on vienne avec vous pour participer aux recherches !

— Comme vous voudrez, répondit le père du garçon disparu. Votre aide ne sera pas de trop.

Sans plus attendre, le nouveau meneur demanda aux autres villageois de relâcher les quatre étrangers ramenés de l'auberge. Quelques-uns contestèrent cette décision, mais la majorité ne pencha pas dans leur sens cette fois.

LE MARAIS DU BROUILLARD

Fernand Besançon organisa les recherches en deux groupes pour se concentrer dans les endroits susceptibles d'abriter la vouivre : le bois à proximité du château et le marais du Brouillard. Les témoignages rapportés depuis plusieurs générations laissaient entendre que la créature y avait été vue à plusieurs reprises. Certains parlaient d'une entrée dissimulée dans le bois, sous un rocher ou dans une caverne. Il était aussi établi que le jour, elle passait le plus clair de son temps dans son repaire, loin du bruit, et qu'elle sortait uniquement la nuit pour chasser. D'autres pensaient avoir plus de chances de la surprendre au marais, justement là où elle avait l'habitude de se désaltérer. En de rares exceptions, selon les rumeurs, elle avait été aperçue en plein cœur du village buvant à même la fontaine ou bien se baignant dans un bassin de pierre situé à l'arrière de quelques maisons. En fait, les récits sur ses apparitions ne manquaient pas, mais ses déplacements se limitaient surtout entre son repaire et le marais. On savait également qu'il lui arrivait d'emprunter les souterrains du château, mais ceux-ci avaient tous été condamnés depuis des années, du moins le croyait-on. Cela n'avait pas pour autant empêché d'autres disparitions, malgré les nombreuses battues entreprises afin de retrouver son repaire. Des villageois plus déterminés s'étaient également lancés dans des expéditions solitaires pour tenter de l'anéantir, mais personne n'y était parvenu jusque-là. On racontait même que certains d'entre eux n'en étaient jamais revenus, surtout ceux qui avaient cherché à s'emparer de son escarboucle. Selon la croyance populaire, la vouivre portait sur le front un rubis inestimable, d'un rouge vif et qui laissait une traînée de feu derrière elle durant ses vols nocturnes. L'audacieux qui parviendrait à s'en saisir était alors assuré de faire sa fortune. Le meilleur moyen, disait-on, était d'attendre la vouivre près d'un cours d'eau dans l'espoir de la voir s'y abreuver. Il suffisait alors de guetter le moment où elle déposait son escarboucle sur la rive, entre les touffes d'herbe ou sous une pierre, pour pouvoir s'en emparer. Cependant, malheur à celui qui se faisait surprendre par la bête. En pareille situation, sa férocité était telle qu'elle pouvait se jeter sur l'imprudent et le mettre en pièces en un instant. Quelques-uns avaient même été réduits en cendres, selon les rumeurs. D'autres, ayant survécu à l'attaque, s'étaient aussi retrouvés mutilés, comme ce paysan devenu infirme après avoir été écrasé en essayant de se dissimuler sous un cuvier. Voilà comment la vouivre se vengeait de ceux qui tentaient de lui prendre son escarboucle. Quelquefois, il lui arrivait cependant d'être moins féroce envers les voleurs en se contentant simplement de leur jouer un mauvais tour. On racontait qu'une femme, croyant s'être emparée du précieux rubis en le cachant dans son tablier, avait découvert un chou à la place. D'autres victimes de sa ruse s'étaient fait posséder en trouvant carrément du crottin de cheval ou bien un crapaud.

Le groupe conduit par le médecin du village s'introduisit dans le bois situé non loin du château, tandis que Fernand Besançon menait le sien dans le marais du Brouillard, avec Flibus et ses compagnons. Esther de Boer et son fils insistèrent également pour participer aux recherches avec leur majordome. Ils souhaitaient de tout cœur que l'enfant soit retrouvé sain et sauf, et par la même occasion, ils espéraient découvrir des indices sur le passage de leur cher disparu. Ils craignaient certes le pire à son sujet, mais l'idée de ne pas savoir ce qui avait pu lui arriver leur était tout aussi insupportable.

De part et d'autre, on entendait les appels répétés des secouristes pour signaler leur présence au petit Gaston. Ceux qui étaient dans le bois avancèrent en formant une ligne serrée pour être certains de ne pas passer à côté d'un indice sans le voir. On avait également amené un chien, en souhaitant que grâce à l'efficacité de son odorat, il puisse retracer l'enfant. Le temps de flairer l'un des vêtements apportés, il se lança d'ailleurs aussitôt. Très vite, son maître remarqua qu'il avait trouvé une piste à l'orée du bois, et il se laissa guider. Elle les mena bientôt devant un rocher.

— Venez par ici ! Mon chien a flairé quelque chose !

Le reste du groupe s'approcha sans tarder.

— Servons-nous des leviers, vite ! commanda le médecin.

Plusieurs commencèrent à lever le gros rocher. L'espoir au cœur, tous s'attendirent à découvrir une cavité dissimulée sous la pierre, mais à leur grand étonnement, ils ne trouvèrent que la terre compacte.

— Je ne sais quoi vous dire ! avoua l'homme venu avec son chien. J'étais persuadé qu'il avait trouvé une piste.

— Il nous avait pourtant habitués à mieux, ton chien, reprocha aussitôt le médecin.

— C'est vrai. Au village, il n'en existe pas un comme lui pour flairer le gibier. Mais je le connais bien, mon Patou. Il n'a pas pu se tromper. L'odeur du petit l'a bien conduit jusqu'à ce rocher, j'en suis sûr. Ce n'est pas normal, tout ça ! Il s'est passé quelque chose d'étrange ici.

— Bon, ça ne sert à rien de tergiverser plus longtemps ! Continuons nos recherches.

Pendant ce temps, au marais du Brouillard, l'autre groupe progressait lentement en raison du terrain accidenté. À cause des eaux stagnantes et de la végétation constituée de plantes aquatiques variées, il n'était pas très aisé d'avancer, à plus forte raison dans l'obscurité. Tout en cherchant des indices, il fallait également regarder où l'on mettait les pieds.

Personne ne s'en plaignit toutefois. L'important était de trouver le petit Gaston dans les meilleurs délais, et ce n'était pas la difficulté à se déplacer sur ce terrain qui allait les arrêter. Visiblement très déterminés, les uns éclairaient avec leurs torches, tandis que les autres écartaient les herbes avec leurs bâtons. Ils les plongeaient également dans l'eau, de-ci de-là, au cas où. Ils espéraient bien sûr ne pas avoir à faire de découverte macabre, mais malheureusement, si l'enfant avait été attiré dans ce marais, tout était possible.

Flibus marchait aux côtés d'un villageois et des deux savants, qui n'avaient pas hésité un seul instant à se joindre au groupe. Maître Chow et son confrère japonais s'étaient trouvés peu utiles depuis leur arrivée, comme s'ils avaient été dépassés par les événements. Leur course jusqu'à la collégiale pour échapper à la vouivre les avait pas mal éprouvés, ainsi que le mouvement de foule survenu peu après. Durant un instant, ils avaient pu voir comment des personnes, sans doute très amicales en temps normal, pouvaient tout à coup se laisser entraîner dans des actes aux conséquences tragiques. Fort heureusement, le dialogue et la réflexion avaient fini par ramener la paix. Ils n'avaient maintenant qu'une seule idée en tête : retrouver cet enfant en vie.

Un peu plus loin, vers la droite, Corsarez était lui aussi en compagnie d'un villageois et du père Chouard. Juste derrière eux marchaient les de Boer et Willem, leur majordome. De l'autre côté, Fernand Besançon était assisté des trois autres marins. L'inquiétude se lisait sur le visage du père du petit Gaston, mais sa détermination à retrouver son fils lui permettait d'avancer et d'organiser les recherches. En dehors des appels et des consignes de déplacement, il n'ouvrait pas la bouche. Sa concentration était totale. Rien ne devait le perturber dans sa fouille. Mais pour l'instant, personne n'avait trouvé d'indice sur la présence ou le passage récent de son enfant. Tout en avançant, tous continuèrent donc de scruter la moindre parcelle de terre et d'étendue d'eau. Tout à coup, Cenfort avertit en montrant droit devant lui :

— J'ai vu les herbes bouger, là-bas !

Fernand Besançon se précipita le premier, n'hésitant pas à marcher dans la mare. Arrivé à l'endroit désigné, il demanda rapidement :

— C'était là ?

— Oui, confirma aussitôt le marin.

Le père du petit Gaston écarta la végétation sans tarder, mais il ne vit rien de particulier. Il avait senti son cœur s'emballer à l'idée de découvrir son fils endormi entre les herbes. En voyant un chat par la fenêtre, peut-être l'avait-il suivi jusqu'ici, avant de s'allonger sous l'emprise de la fatigue. Après tout, cela aurait pu être possible, crut-il sur l'instant. Mais ses espoirs s'envolèrent très vite comme des oiseaux effrayés par le bruit.

— J'ai encore vu quelque chose bouger, mais un peu plus loin cette fois ! assura Cenfort.

— Moi aussi ! confirma Ruud de Boer. Au milieu des herbes, puis dans l'eau.

— C'était probablement un animal qui a pris peur en nous voyant arriver, expliqua un villageois. Il y en a plusieurs espèces dans ce marais.

Déçu, Fernand Besançon s'apprêta à rejoindre son groupe en traversant de nouveau la mare quand, à son tour, il vit du mouvement dans l'eau. Il n'arriva pas à déterminer de quel animal il s'agissait, mais il nota très vite l'importance de sa taille, car ce dernier provoqua une forte ondulation à la surface. Par prudence, il resta immobile puis, l'instant d'après, il sentit quelque chose passer entre ses jambes. Il pensa aussitôt à un serpent d'eau, mais il lui parut tout de même bien gros. À son souvenir, il n'en avait jamais vu dans ce marais qui dépassait la longueur de son bras. Or, celui-ci semblait faire le double, si ce n'était plus. Intrigué, mais loin d'être découragé, le père du petit Gaston sortit de la mare. Il se garda toutefois d'informer ses compagnons afin de ne pas les effrayer inutilement. Ce n'était pas le moment de les perturber dans leurs recherches pour un vulgaire serpent d'eau, quand bien même sa taille serait impressionnante. De toute façon, quel danger pouvait-il bien présenter, à part pour les rongeurs et autres petits animaux vivant dans le marais ? Fernand Besançon avait cependant à peine posé le pied sur la berge que le serpent jaillit brusquement par-derrière et s'enroula autour de ses jambes avant de le faire basculer dans l'eau. Esther de Boer poussa un cri d'horreur en voyant le pauvre homme être emporté. Le Bolloch, qui était le plus près, n'eut même pas le temps de réagir pour le retenir.

— Je ne le vois plus ! cria-t-il depuis le bord, tandis que Flibus et les autres s'approchèrent rapidement avec leurs torches.

L'eau ondula encore un peu, puis soudain plus rien.

— Mais où est-il passé ? s'étonna Flibus. L'endroit ne semble pas très profond pourtant.

Plusieurs plantèrent aussitôt leurs bâtons dans l'espoir de sentir une présence, mais en vain. Ils avaient beaucoup de mal à réaliser ce qui venait de se produire sous leurs yeux, jusqu'au moment où Fernand Besançon réapparut à la surface en criant à l'aide. Flibus et Le Bolloch se lancèrent alors pour le secourir. Sans tarder, ils le sortirent de l'eau et l'entraînèrent sur la rive.

Le temps de reprendre son souffle, le père du petit garçon avoua :

— Merci, mes amis. J'ai bien cru mon heure arrivée.

— Comment avez-vous fait pour échapper à ce serpent ?

— Je ne sais pas. Une fois dans l'eau, il s'est vite enroulé sur moi. J'ai bien essayé de me débattre, mais il me tenait bien serré autour des bras et des jambes. Puis, tout à coup, il m'a relâché. Je ne saurais dire pourquoi…

— Comment un serpent aussi gros a-t-il pu se retrouver dans ce marais ? s'interrogea un villageois, encore sous le choc.

— Il devait bien mesurer quatre ou cinq mètres, d'après moi, fit remarquer un autre. On aurait dit un de ces serpents qui viennent des tropiques.

— Des tropiques ! Mais comment aurait-il pu se rendre jusqu'ici ? s'étonna Corsarez.

— Attendez ! Et si c'était un serpent de cirque ? Rappelez-vous ces deux voyageurs qui sont venus au village, avec leur roulotte, il y a quelques mois.

— Mais oui, tu as raison. Ils nous avaient montré un énorme serpent durant leur représentation. Ils le portaient à deux sur leurs épaules tellement il était long.

— Il se serait donc échappé de leur roulotte, vous pensez ?

— Assurément, je ne vois pas d'autre explication, en tout cas.

Sur ces témoignages, Fernand Besançon se releva et assura à tous qu'il allait parfaitement bien. Aussi, compte tenu de l'événement qui venait de se produire, il ne chercha pas à retenir ceux qui craignaient de se faire également attaquer par ce serpent. Quelques-uns hésitèrent à partir, mais ils n'avaient aucune envie d'être vus comme des lâches. Finalement, tous s'accordèrent pour continuer les recherches, même si la présence d'un tel animal dans le marais laissait peu d'espoir de retrouver le petit Gaston en vie. Bien sûr, les plus sceptiques se gardèrent d'en parler à voix haute de peur que le père ne les entende. Tout en évitant de marcher dans l'eau, ils se contentèrent de murmurer entre eux.

14

LA MÉTAMORPHOSE

Par mesure de sécurité, Flibus suggéra que personne ne s'éloigne afin de pouvoir être secouru à temps par les autres. Il fit aussi en sorte que chaque groupe ait de quoi se défendre efficacement contre la bête : fourches, faux, sabres, poignards. Les torches pouvaient également être utilisées, mais strictement en cas de nécessité, car il était primordial d'obtenir le meilleur éclairage possible. Chacun respecta les consignes à la lettre. Cependant, c'était mal juger ce serpent qui avait élu domicile dans le marais. Profitant de la noirceur et du terrain accidenté, il se faufila entre les herbes et s'enroula soudainement autour des jambes de Willem, le majordome. Le pauvre homme eut à peine le temps de crier à l'aide avant d'être violemment entraîné sur le sol. Fort heureusement, Ruud de Boer, qui se trouvait tout près, se jeta au même moment à son secours. Sans hésiter, il poignarda à plusieurs reprises le reptile avec l'arme qu'on lui avait confiée. Blessé, le serpent lâcha finalement sa prise et s'enfuit au milieu de la végétation.

— Mais où est-il passé ? Je ne le vois plus ! pesta Le Bolloch en suivant les traces de sang.

— Il est là, dans l'eau ! avertit tout à coup Esther de Boer, horrifiée. Vite, il va encore disparaître !

Plusieurs se lancèrent cette fois dans son sillage pour le traquer, mais s'arrêtèrent net sous l'effet de la stupéfaction. Pointant leurs torches dans la même direction, ils virent une étrange réaction se produire sur tout le corps du serpent. Des sortes de bosses de plus en plus volumineuses apparurent à différents endroits. Quatre d'entre elles s'allongèrent alors et formèrent progressivement des membres.

Personne ne comprenait ce qui se passait réellement, mais le reptile semblait en pleine métamorphose. La chose était tellement invraisemblable qu'aucun n'osa bouger devant le phénomène. C'était comme si le serpent se transformait en un autre animal, peut-être plus redoutable encore. Quelques-uns paniquèrent brusquement et s'apprêtaient à donner le coup de grâce à la créature avant qu'il ne soit trop tard, lorsque Flibus les arrêta en notant un détail des plus surprenants :

— Regardez ! On dirait un bras humain qui se forme…

— Mais oui, il a raison ! s'écria Fernand Besançon, stupéfait. J'aperçois même des doigts maintenant. Oh ! vous voyez l'autre membre du bas ? C'est devenu une jambe.

Abasourdis, plusieurs retinrent leurs gestes et commencèrent à reculer en pensant qu'ils avaient affaire à un démon, voire au diable lui-même qui se métamorphosait en humain. Certains s'empressèrent de faire un signe de croix quand Esther de Boer poussa un cri d'horreur :

— OH, MON DIEU ! BASTIAAN ! C'est mon époux. Je le reconnais.

Surpris par cette révélation, mais voyant bien qu'il s'agissait d'un homme, Flibus et ses amis se précipitèrent pour ramener le corps sur la rive. Madame de Boer ne tarda pas à confirmer ses observations en reconnaissant le visage de son mari. C'était bien lui, il n'y avait plus aucun doute maintenant.

— Attention ! C'est peut-être une ruse du diable ! avertit un villageois. Il sait se dissimuler derrière une apparence humaine, vous savez.

— Taisez-vous ! coupa aussitôt Esther de Boer en se jetant sur son bien-aimé. C'est mon époux, je vous le dis, et non le diable ! Il a dû être victime d'un ensorcellement, voilà tout.

Ruud de Boer ne tarda pas à s'approcher. Quand il reconnut à son tour son père blessé, il réalisa toute l'horreur de son geste. Il posa ensuite ses yeux sur son couteau. En le voyant immaculé de sang, il le jeta aussitôt dans l'herbe avant de se laisser tomber à genoux.

— Oh, mon Dieu ! Qu'ai-je fait ?

Bastiaan de Boer ouvrit enfin les yeux en entendant la voix de son fils. Puis, en croisant le regard de sa femme, qui lui soutenait la tête, il laissa paraître un sourire.

— Je ne rêve pas. Esther, c'est bien toi.

— Oui, Bastiaan, c'est moi, s'empressa de répondre Esther de Boer.

— Vite ! Que quelqu'un aille chercher le docteur ! ordonna Fernand Besançon.

— Vous avez donc reçu ma lettre vous informant de mon départ de l'île pour me rendre au château de Thil.

— Non, Bastiaan, nous n'avons jamais reçu cette lettre.

— Elle a dû se perdre, expliqua Ruud de Boer.

Le professeur tourna cette fois la tête.

— Ruud, mon garçon, comme je suis heureux de te revoir.

— Je suis vraiment désolé, père, confia le fils, les yeux en larmes. Je ne savais pas que ce serpent, c'était vous.

— Ce n'est pas ta faute, Ruud. L'animal sauvage que j'étais devenu avait mis vos vies en danger. Son instinct de chasseur m'habitait. Tu ne pouvais pas faire autrement, mon garçon, assura le professeur de Boer avant de lever les yeux vers son majordome encore sous le choc de l'attaque du serpent. Mon pauvre Willem, je suis navré.

— Ce n'est rien, monsieur. Je vais bien, ne vous en faites pas pour moi.

En attendant la venue du médecin du village, Flibus avait déjà commencé à déchirer sa chemise pour établir des points de pression sur les blessures. Il lui était cependant difficile d'affirmer si des organes vitaux avaient été touchés. Il se dépêcha donc de surélever les pieds du professeur pour privilégier la circulation du sang dans ses organes vitaux.

Il avait déjà vu le docteur Rogombo pratiquer cette technique plusieurs fois.

— Continuez de le faire parler pour le tenir éveillé ! suggéra-t-il à madame de Boer et à Ruud.

— Que t'est-il arrivé, Bastiaan ? demanda aussitôt Esther de Boer. Comment es-tu devenu cet animal ?

— C'est la vouivre qui m'a jeté un sort. Enfin, je crois. Je ne sais plus…

Des murmures s'élevèrent aux alentours, tandis que le professeur de Boer continuait.

— J'étais venu au marais pour la surprendre. Je l'avais déjà vue ici, il y a trois ans, mais je n'étais pas parvenu à l'approcher. C'est une créature très intelligente et rusée. Mais en poursuivant mes recherches dans le pays, j'ai appris qu'il existait un moyen de la rendre vulnérable.

— Quel est ce moyen ? voulut savoir Ruud de Boer, gagné par un soudain esprit de vengeance.

— Eh bien, j'ai découvert que la vouivre pouvait être charmée à l'aide d'un miroir bien particulier. Il suffit de lui montrer son reflet au travers de ce miroir pour qu'elle tombe sous l'emprise de son apparence d'autrefois. C'est la seule façon de détourner son attention pour s'emparer de son escarboucle.

— Tout ceci pour une escarboucle ! soupira Ruud de Boer. Mais pourquoi ?

— Ruud, je t'en prie !

— Non, laisse, Esther, ce n'est rien, assura le professeur de Boer. Il est en droit de me faire des reproches pour vous avoir abandonnés. Je n'aurais jamais dû me lancer dans cette quête aux dépens du bonheur de ma famille.

— Ne dis pas ça, Bastiaan. Tu as toujours fait notre bonheur.

Ruud de Boer réalisa aussitôt qu'il s'était encore laissé emporter par ses émotions. Il s'en était déjà voulu d'avoir jugé son père hâtivement sans connaître ses véritables motivations, et voilà qu'il l'accablait encore de reproches, quelques minutes à peine après l'avoir retrouvé.

Il demanda finalement d'une voix plus conciliante :

— Et ce miroir, l'avez-vous trouvé ?

— Oui, à l'île de Saint-Martin.

— Mais pourquoi ne pas nous avoir révélé le but de votre voyage ? demanda Ruud de Boer.

— Je ne voulais pas vous imposer tous ces détails sur mes recherches. J'avais découvert que le propriétaire du miroir s'était établi sur l'île, mais encore fallait-il que ses héritiers y soient encore. La légende raconte que la vouivre était autrefois la fille d'un roi de France. Sa beauté était si grande que des princes accoururent de tous les royaumes pour venir demander sa main. Mais sa belle apparence, qui faisait tant chavirer le cœur des hommes, suscita aussi la jalousie de ses nombreuses rivales. Ne pouvant plus supporter cette situation, l'une d'elles finit par s'acheter les services d'une sorcière qui transforma aussitôt la fille du roi en une créature hideuse destinée à vivre dans les profondeurs de la terre et à errer la nuit. Mais avant d'être changée en vouivre et de disparaître, il est dit que la princesse vit une dernière fois sa beauté dans son miroir. Accablé par le chagrin, le roi chercha alors sans répit la créature dans tout son royaume, accompagné de ses meilleurs gardes. Quand il la trouva, on raconte qu'il parvint à s'approcher d'elle en lui présentant le miroir de sa fille et qu'il y découvrit son reflet. À partir de ce jour, le roi ne s'en sépara plus jamais et l'emporta avec lui chaque fois qu'il désirait revoir sa fille bien-aimée. Après sa mort, le miroir fut cependant volé et passa d'un propriétaire à l'autre. Mais je suis parvenu à trouver les descendants du dernier acquéreur qui ont finalement accepté de s'en défaire. Ils ne croyaient guère en cette légende depuis bien longtemps déjà.

— Et vous, père, y croyiez-vous vraiment ?

— J'y ai toujours cru.

— Avez-vous pu vérifier les effets du charme sur la vouivre ?

Le professeur de Boer hésita. Le temps de reprendre son souffle, il confia :

— J'attendais patiemment depuis plusieurs heures dans le marais quand elle est enfin venue s'abreuver. Je me suis donc approché d'elle en tendant le miroir dans sa direction. Elle s'est mise aussitôt à gronder, mais elle n'a pas cherché à fuir ou à se jeter sur moi. J'ai vite remarqué son intérêt pour le miroir puis, doucement, elle s'est calmée. Elle avait posé son escarboucle dans l'herbe, tout près d'elle. J'ai continué d'avancer. J'étais alors sur le point de m'en saisir, lorsque j'ai glissé en laissant échapper le miroir dans l'eau. J'ai voulu le reprendre, mais la vouivre s'était déjà lancée sur moi. Ensuite, j'ai perdu connaissance, pour me retrouver dans la peau de ce serpent. J'avais conscience de ma métamorphose, mais je ne pouvais me soustraire à cet état. J'étais condamné à rester dans ce marais…

— Ah ! voilà le docteur qui arrive ! annonça un villageois.

Le médecin s'approcha sans tarder avec deux hommes qui apportaient une civière. Il examina aussitôt le professeur, puis il donna un premier diagnostic :

— À première vue, les blessures semblent assez éloignées des organes vitaux, mais il a déjà perdu beaucoup de sang. Si nous agissons vite, nous pourrons le sauver. Aidez-moi à le porter, voulez-vous ?

— Attendez, pas encore ! supplia le professeur de Boer. Je sais où se trouve l'enfant qui a disparu.

Tous restèrent stupéfaits d'entendre ces révélations, surtout le père du petit Gaston.

— Où est-il ? s'empressa-t-il de demander.

— Dans le repaire de la vouivre. Elle le retient avec les autres…

— Avec les autres ! s'écrièrent plusieurs.

— Oui. Tous les enfants qu'elle a attirés depuis son arrivée dans la région sont gardés dans une cavité de son repaire…

— Il délire !

— Non, c'est la vérité, assura le professeur. Ils sont tous avec elle, croyez-moi. Je les ai vus.

Lorsque j'étais dans ce corps de serpent, je me suis rendu dans son repaire en me faufilant dans un trou qui aboutissait à un souterrain.

— Et où est ce souterrain ? se dépêcha de demander Fernand Besançon.

— Il part de la collégiale, je crois, mais vous ne pourrez y accéder, malheureusement. Un éboulement l'a condamné il y a quelque temps.

— Il délire, je vous dis ! répéta le même villageois. Ce qu'il raconte ne tient pas debout. Si la vouivre retenait encore tous ces enfants disparus, certains seraient morts depuis longtemps. Mon grand-père avait déjà été témoin de l'une de ces disparitions durant sa jeunesse, vous imaginez donc.

— Pourtant, c'est la vérité ! insista Bastiaan de Boer en grimaçant de douleur. Là où ils sont, le temps ne s'écoule pas comme à la surface. Tous ces enfants, elle les attire quand le chagrin de n'avoir pu être mère est trop lourd à porter. Mais je sais… comment vous… pourrez les faire sortir autrement… Il…

Le professeur éprouva brusquement du mal à terminer ses mots. L'inquiétude s'empara aussitôt du groupe.

— Il a perdu connaissance, rapporta le médecin d'un air grave. Nous avons trop attendu. Dépêchons-nous de le conduire à mon cabinet ! J'aurai aussi besoin de vous, jeune homme…

— Moi ? s'étonna Ruud de Boer.

— Oui, votre père aura besoin de votre sang. Il ne survivra pas, sans cela.

Immédiatement, le médecin fit transporter le professeur jusqu'au village. Tous ceux qui avaient participé aux recherches suivirent la civière pour se relayer, tandis qu'un villageois partit avertir le second groupe qui inspectait le bois. Arrivé à son cabinet, le docteur examina le pouls de son patient et se réjouit d'y relever encore des signes vitaux. Il fit ensuite sortir tout le monde, à l'exception de Ruud de Boer, et se prépara aussitôt à arrêter l'hémorragie. Dans l'urgence, il se lava les mains avec un alcool fort du pays et en arrosa aussi les plaies de Bastiaan de Boer pour les désinfecter.

Ensuite, avec une aiguille et du fil de catgut, il pratiqua des points de suture entortillés pour arrêter l'hémorragie. Il procéda alors à la transfusion de sang, dont il avait appris la technique à Paris durant ses études de médecine. Ce type de traitement n'était pas très courant, mais il était déjà clairement établi qu'une personne affaiblie par une perte de sang pouvait être réanimée au moyen d'une injection de sang. Les médecins savaient également depuis peu que le sang servait à transporter l'oxygène si indispensable à la vie. Par contre, le taux de survie après le traitement n'était pas très élevé, car l'importance de la compatibilité des groupes sanguins n'était pas encore connue. Il offrait cependant de bien meilleures chances que les transfusions effectuées de l'animal à l'homme[7].

[7] En 1667, Jean-Baptiste Denis et Emmeretz, médecins du roi Louis XIV, ont effectué la première transfusion de sang d'homme à homme en reliant l'artère d'un des sujets à la veine de l'autre. La diffusion du procédé entraîna cependant plusieurs décès et la transfusion fut finalement frappée d'interdiction en 1670 par un tribunal français. Les expériences reprirent à la fin du XVIIIe siècle, puis au début du XIXe. En 1818, des femmes affaiblies par les pertes de sang après leur accouchement furent les premières bénéficiaires de transfusions avec du sang humain.

Une fois l'intervention terminée, le docteur tira le rideau et s'adressa à madame de Boer :

— L'opération s'est bien déroulée.

— Il est sauvé alors !

— Disons qu'il est encore trop tôt pour se prononcer, mais votre mari est d'une bonne constitution. Grâce à votre fils, sa perte de sang a pu être limitée.

— Et lui, comment va-t-il ?

— Oh ! votre fils va très bien, rassurez-vous. Vous pouvez les voir tous les deux si vous le désirez. Votre mari a repris connaissance.

Le médecin laissa entrer Esther de Boer seule et referma le rideau derrière elle sous les regards curieux de tous ceux qui étaient restés dans la salle d'attente. Fernand Besançon et le père de la petite Pierrette, disparue trois ans plus tôt, ne cachaient pas leur inquiétude. Ils craignaient que le professeur ne puisse être en mesure de leur dire comment retrouver leurs enfants. Ils se demandaient combien de temps ils devraient encore patienter avant de pouvoir lui parler. Ils comprenaient parfaitement bien que le pauvre homme avait besoin de repos, mais il n'était pas forcément hors de danger. Aussi, lorsque le rideau s'ouvrit de nouveau, ils se précipitèrent vers madame de Boer afin de se renseigner. Elle leur confia :

— Oui, il a pu me dire comment entrer dans le repaire de la bête. Il existe une entrée dans le bois, dissimulée sous un rocher. Cependant, seule l'escarboucle permet de libérer le passage.

— Mais comment la récupérer ? s'empressa de demander Fernand Besançon.

— Grâce au miroir perdu dans le marais. Il n'y a pas de moyen plus sûr de s'emparer de la pierre. Sans cela, beaucoup perdront la vie en tentant d'approcher la vouivre.

— Et où votre époux a-t-il perdu ce miroir ?

— Tout près de l'endroit où nous l'avons retrouvé.

— Bon, d'accord. Nous allons organiser les recherches sur-le-champ.

— Attendez, ce n'est pas tout ! avertit Esther de Boer. Il faudra vous méfier, car il y a un second serpent dans les marais.

La stupeur s'empara de toutes les personnes réunies.

— Vous voulez dire qu'il pourrait s'agir d'une autre victime du sortilège de la vouivre ? demanda Flibus.

— C'est fort probable. Mais mon époux ne saurait l'affirmer.

— Il s'agit peut-être du frère Ernesto, supposa le père Chouard.

Sur ces révélations, le cabinet se vida en un instant. Une fois à l'extérieur, Fernand Besançon rapporta rapidement la situation et demanda la participation des volontaires. Flibus proposa aussitôt son aide et sollicita également la présence de Corsarez. Il ne trouva néanmoins pas utile d'impliquer les autres dans cette opération risquée, ce que le père du petit Gaston approuva. Lui-même ne força pas ses amis à les suivre dans le marais. Il était même préférable de s'y rendre avec un groupe très restreint pour avoir plus de chances de surprendre la vouivre au moment où elle viendrait se désaltérer. Personne ne s'opposa à cette décision.

15

LE CHARME DU MIROIR

Les trois hommes quittèrent le village, munis d'une torche et de deux sabres. Fernand Besançon accepta uniquement le poignard que lui proposa Flibus. Il ne se sentait pas vraiment à l'aise avec une épée et, surtout, il ne tenait pas à s'encombrer d'une arme trop évidente. Il savait néanmoins qu'il pouvait compter sur l'expérience de ses amis marins pour l'aider au besoin. Arrivés au marais du Brouillard, ils avancèrent prudemment en repensant à cet autre serpent pouvant surgir de nulle part à tout moment. Ils marchèrent lentement jusqu'à l'endroit où ils avaient rencontré le professeur et cherchèrent le fameux miroir. La mare n'étant pas très profonde, ils espéraient le trouver assez facilement, mais ils devaient faire attention à ne pas marcher dessus. Avec les dernières pluies tombées et les passages d'animaux, la vase pouvait très bien avoir recouvert le miroir en partie, voire entièrement. Au moindre faux pas, ils risquaient donc de perdre leur seule chance de charmer la vouivre.

Flibus et le père du petit Gaston avançaient dans l'eau, tandis que Corsarez les suivait depuis le bord tout en surveillant les alentours pour réagir rapidement en cas d'attaque du serpent. Il était bien sûr possible qu'ils n'aient pas à le rencontrer dans la mesure où cette partie du marais était fréquentée par le professeur de Boer, du moins le reptile qu'il était devenu ; mais ce dernier n'étant plus là pour défendre son territoire, la place se trouvait libre. Soudain, ce qui ne devait pas arriver se produisit, lorsque Fernand Besançon perdit l'équilibre à cause de la vase et tomba dans l'eau en tenant l'unique torche. Les trois hommes se retrouvèrent alors brusquement dans l'obscurité.

— Mais quel maladroit, ce n'est pas vrai ! pesta le père du petit Gaston en frappant violemment la surface de l'eau avec sa main. Par ma faute, nous n'avons plus d'éclairage. Comment allons-nous faire maintenant pour trouver le miroir ? Parbleu, ce n'est pas possible d'être aussi stupide !

Éclairé par le simple éclat de la lune, Flibus se rapprocha du pauvre homme et, sans porter de jugement, il l'aida à se relever en le tirant par l'avant-bras. Ils s'avancèrent ensuite vers la rive pour discuter de la nouvelle marche à suivre avec Corsarez, mais ce dernier les arrêta :

— Attendez, ne bougez plus ! J'ai entendu quelque chose.

Chacun resta immobile, à l'écoute du moindre bruit. Flibus demanda finalement après un moment :

— Qu'as-tu entendu exactement ?

— Je ne sais pas trop, mais j'ai l'impression que le bruit venait d'en haut. Oh ! tenez, vous l'entendez cette fois ?

— Oui, ça y est ! confirma Fernand Besançon le premier. C'est quoi, selon vous ?

Les deux marins ne répondirent pas, de nouveau concentrés, lorsque Flibus s'écria :

— Oh, non ! C'est la vouivre qui approche, j'en suis presque sûr. Ce sont ses battements d'ailes que nous entendons, comme quand elle nous a pourchassés jusqu'à la collégiale. Cachons-nous dans les herbes, vite !

Les trois hommes se jetèrent à terre sans perdre un instant de plus. Le temps de se mettre à l'abri, ils aperçurent effectivement la créature qui descendait en direction de la mare. Les avait-elle vus de là-haut ? Ils n'en avaient aucune idée, mais dans le doute, ils se gardèrent bien de bouger. Ils se contentèrent simplement de la regarder se poser de l'autre côté de la rive. En la voyant battre des ailes avec grâce, ils ne purent s'empêcher d'imaginer la fille de roi qu'elle avait pu être jadis. En dépit de cette apparence de serpent-dragon, il leur semblait effectivement qu'elle avait su préserver une certaine majesté dans le mouvement.

Une fois à terre, la vouivre baissa la tête et déposa sur l'herbe son escarboucle qui brillait de mille éclats. Elle se mit ensuite à boire dans la mare, comme si de rien n'était, ce qui laissa supposer aux trois hommes qu'elle ne les avait pas vus ; du moins le crurent-ils à ce moment. Les ailes écartées pour se tenir en équilibre, elle lapa l'eau en toute quiétude à la manière d'un chien assoiffé quand, soudain, elle se releva en regardant droit devant. Flibus et ses compagnons collèrent aussitôt leur visage au sol, puis ils attendirent sans bouger. Ils n'avaient pas la moindre idée de ce qui était sur le point de leur arriver, si la bête allait se lancer vers eux pour les mettre en pièces ou bien leur jeter un sort comme elle l'avait fait avec le professeur. À cet instant précis, ils auraient préféré se trouver n'importe où, sauf là. Leur cœur palpitait si fort dans leur poitrine qu'ils espéraient presque ne plus le sentir battre de crainte que le bruit soit suffisant pour alerter la vouivre. Mais, au bout d'un moment, ils l'entendirent de nouveau s'abreuver avec vigueur. Soulagés, ils osèrent alors relever la tête pour l'observer encore. De toute évidence, elle n'avait toujours pas remarqué leur présence.

En posant son regard sur l'escarboucle déposée sur l'herbe, Flibus chercha finalement à trouver le moyen de s'en emparer. En reculant, il pensait pouvoir contourner la mare sans être vu et s'approcher de la vouivre en rampant. Il se rappela cependant ces histoires de ceux qui avaient connu une fin atroce en voulant se saisir de la pierre. Il ne voyait malheureusement pas comment s'y prendre autrement. Il fallait bien essayer quelque chose pour la récupérer et aller libérer le petit Gaston ainsi que tous ces enfants retenus depuis des années. Cette seule pensée suffit à l'encourager. Il s'apprêta donc à avertir ses deux amis en leur faisant un signe de la main, lorsqu'il remarqua un étrange reflet dans la mare, là juste devant lui. Il n'en était pas certain, mais cela ressemblait fortement à un bout de miroir qui ressortait de la vase, à une dizaine de centimètres de profondeur, tout au plus. Le fait d'être trop occupé à observer la vouivre l'avait sans doute empêché de voir l'objet plus tôt. Ou bien était-ce la lune qui, en se déplaçant, venait de le mettre en évidence ? Signe de la providence ou pas, il se sentait capable de l'attraper sans se faire surprendre. Sous le regard étonné de ses compagnons, il rampa légèrement et plongea doucement son bras dans l'eau. Il s'était cependant à peine emparé du miroir que la vouivre se releva brusquement et se mit à rugir.

Flibus ne perdit pas un seul instant face à la menace imminente. Il se leva d'un mouvement rapide tout en criant vers ses amis :

— NE BOUGEZ PAS !

Prise d'une soudaine rage, la créature battit des ailes avec force pour montrer toute sa férocité, mais Flibus ne se laissa pas perturber. Avec la peur au ventre, il traversa la mare en brandissant le miroir bien devant lui. Il ne savait pas si sa tentative allait réussir, mais il ne pouvait plus reculer maintenant. Arrivé à mi-distance, il nota cependant déjà des signes d'apaisement, ce qui l'encouragea à s'approcher davantage.

Attirée par la présence du miroir, la vouivre devint effectivement moins agressive, comme si elle avait reconnu l'objet à la lueur de la lune et de son escarboucle à proximité. Son cri primal perdit progressivement de son intensité pour finalement se muer en une série de sons plus doux. Le charme semblait opérer, mais Flibus attendit encore un peu avant d'avertir ses compagnons. Une fois convaincu des effets de l'envoûtement, il leur fit signe du bras de contourner la mare pour aller s'emparer de l'escarboucle. Les deux hommes se regardèrent un instant afin de savoir qui allait s'en charger, mais Corsarez prit l'initiative de se lever le premier, sans doute plus habitué à réagir rapidement dans les situations d'urgence. Il fit donc le tour et se rapprocha de la vouivre avec une relative prudence. Il voyait bien qu'elle était prise dans le charme du miroir, mais il valait mieux ne pas trop se montrer. Il avança tout d'abord en se penchant, presque à quatre pattes, puis, dans les derniers mètres, il préféra se mettre à plat ventre pour ramper. Il arriva enfin tout près de l'escarboucle, sans que la créature ait réagi à sa présence. Il tendit alors le bras, prêt à se saisir de la pierre précieuse d'un rouge éclatant, mais il hésita. Il avait tout à coup l'étrange impression que c'était trop facile. Et si c'était une ruse de la vouivre pour le prendre par surprise ? Il devait cependant prendre une décision rapide, et en voyant son ami qui n'avait pas hésité à s'exposer au danger, il posa enfin sa main sur l'escarboucle et commença à reculer sans perdre de vue la créature. Comme elle ne bougeait toujours pas, il en profita et fila à toutes jambes en faisant de nouveau le tour pour revenir près de Fernand Besançon.

Ravi du déroulement de la manœuvre, Flibus se tourna vers ses compagnons en s'assurant de bien garder le miroir devant lui puis, cette fois, il leur fit signe de s'en aller.

— Quoi ! Il veut qu'on parte ! s'étonna le père du petit Gaston en parlant à voix basse entre les herbes. Mais on ne peut pas le laisser seul avec la vouivre.

Corsarez comprit aussitôt pourquoi son meilleur ami leur demandait de partir sans lui. Il ne voyait effectivement pas d'autre solution pour que Besançon et lui se rendent jusqu'au bois sans être suivis par la vouivre. Celui qui tenait le miroir devait impérativement rester pour la garder sous l'effet du charme.

— Il a raison. Venez ! pressa Corsarez, sans prendre le temps d'entrer dans les explications.

Fernand Besançon n'insista pas et suivit le marin. Flibus les regarda s'éloigner, satisfait, puis il se concentra de nouveau sur la créature. Avec la disparition de l'escarboucle, le marais n'était plus éclairé que par la lune laiteuse. Aussi, pour combler ce manque de clarté, Flibus s'était rapproché encore un peu pour que la vouivre puisse bien s'admirer dans le miroir. Il était si près d'elle qu'il pouvait sentir son souffle, calme et reposé. Il n'avait cependant aucun moyen de découvrir la silhouette de cette princesse qui était censée se refléter dans le miroir. De sa position, il ne voyait que la vouivre dans son apparence animale, avec son corps de serpent, sa tête de dragon et ses larges ailes de chauve-souris. Ce n'était donc pas tout à fait l'image d'une princesse comme on en voyait dans les contes, mais il pouvait aisément imaginer la beauté qui avait été la sienne, sachant que des princes étaient jadis venus en grand nombre pour demander sa main. Ses amis étaient partis depuis quelques minutes seulement lorsqu'il commença à sentir ses bras s'engourdir à force de brandir le miroir. Pour les reposer, il alterna, tantôt avec une main, tantôt avec l'autre. Il ne savait pas combien de temps il allait pouvoir rester ainsi jusqu'au retour de ses compagnons, mais il devait tenir le plus longtemps possible pour leur laisser le temps de libérer les enfants. Aussi, pour supporter davantage la douleur, il se força à songer à quelque chose d'agréable. La première image qui lui vint alors fut celle d'Aglaopé, la sublime sirène que ses amis marins et lui avaient retrouvée prise dans leurs filets[8]. Le souvenir qu'il eut n'était pas le moment où il l'avait découverte grièvement blessée, mais plutôt lorsqu'ils s'étaient quittés en promettant de se revoir. Le souvenir de son visage, de ses yeux invitants et de sa chevelure opulente était resté gravé dans son esprit à tout jamais. Depuis, pas un seul jour ne s'était

---

[8] Voir le tome 4, *La Terre des Géants*.

écoulé sans qu'il pense à elle et à leurs futures retrouvailles.

Plongé dans ses pensées, Flibus se surprit tout à coup à sourire bêtement devant la vouivre. Il fut interrompu dans ses rêveries par un bruit qui attira son attention. Il tourna aussitôt la tête dans la direction estimée et vit avec horreur le second serpent, à quelques mètres de là, qui glissait dans l'eau. Réalisant le danger qui le menaçait, il chercha rapidement le moyen de tenir la créature sous le charme tout en évitant d'être attaqué. Il pensa tout d'abord à rester le plus immobile possible en espérant que le reptile le laisse tranquille, mais cette solution lui sembla peu efficace, tout comme l'idée de se servir de son sabre. Pour peu qu'il se fasse prendre ou qu'il oriente mal le miroir, c'en serait probablement fini de leurs chances de sauver ces enfants. Ne voyant déjà plus le serpent, il se força à trouver une meilleure idée, quand il remarqua un arbre un peu plus loin. Devant l'urgence, il marcha sur le côté et força la vouivre à le suivre sans perdre de vue le miroir. Il réussit à regagner le rivage puis, une fois près de l'arbre, plaça délicatement le miroir contre son tronc en s'assurant qu'il soit toujours face à la créature. Mais le temps qu'il le pose, le serpent sortit de l'eau et se dirigea rapidement vers lui.

16

LE REPAIRE DE LA VOUIVRE

Corsarez et le père du petit Gaston étaient déjà dans le bois, pointant l'escarboucle devant chaque rocher dans l'espoir de libérer l'entrée du repaire de la vouivre, mais sans résultat pour l'instant. Finalement, Fernand Besançon commença à s'impatienter. Poussé par le désespoir, il n'attendait même plus de voir les effets de l'escarboucle et essayait de soulever lui-même les pierres suivantes.

— Arrêtez ! Ça ne sert à rien, le reprit Corsarez. Vous vous fatiguez inutilement.

— Ne me dites pas ce que j'ai à faire ! On voit bien que ce n'est pas votre fils qui a été enlevé. Je parie même que vous n'avez jamais eu d'enfant. Est-ce que je me trompe ?

— Vous avez raison, mais…

— Dans ce cas, laissez-moi agir comme je l'entends ! Occupez-vous de pointer cette escarboucle sur les rochers, un point c'est tout ! Oh ! regardez, il y en a un autre là-bas. Allons-y, dépêchons-nous !

— Nous l'avons déjà fouillé, celui-là, fit remarquer le marin.

— Non, vous faites erreur.

Corsarez n'insista pas. Il pouvait aisément comprendre la réaction du pauvre homme, bouleversé par la disparition de son fils. Il le suivit donc jusqu'au bloc de pierre en pointant l'escarboucle, mais comme il s'y attendait, rien ne se produisit. Ils ne se laissèrent pas abattre pour autant et continuèrent à parcourir le bois avant de trouver un autre rocher. Fernand Besançon s'appuya encore, mais cette fois, la pierre se déplaça à l'approche du précieux rubis. Un large sourire apparut enfin sur le visage des deux hommes, qui s'engouffrèrent aussitôt dans le passage illuminé.

Pendant ce temps, Flibus avait pénétré dans le bois. Il n'avait pas cessé de courir depuis qu'il avait quitté le marais. Il aperçut rapidement une lueur à travers les arbres. Il s'y dirigea sans attendre, mais elle disparut brusquement de son champ de vision. Craignant d'arriver trop tard, il accéléra, puis vit la lumière descendre au ras du sol. Il comprit alors que ses amis avaient trouvé l'entrée.

— ATTENDEZ-MOI !

Au même moment, il aperçut le rocher et l'entendit qui se déplaçait. Le trou était en train de se refermer, mais il n'hésita pas à se jeter à terre pour se laisser glisser dans un espace de plus en plus réduit. La pointe de son sabre frappa la pierre et faillit même rester coincée. Il réussit tout de même à entrer de justesse dans la crevasse avant de dégringoler une longue pente. Il s'arrêta finalement derrière ses compagnons.

— Oh ! Ian, comme je suis content de te revoir ! lança Corsarez. Eh bien, quelle chute ! Tu devrais regarder où tu mets les pieds.

— Écoutez, ce n'est pas ma faute si vous laissez traîner des trous derrière vous, répliqua Flibus en attrapant la main que lui tendit son ami pour l'aider à se relever.

— Et la créature ? demanda cette fois Corsarez d'un air plus sérieux. Ce n'est quand même pas elle qui te pourchassait ?

Flibus expliqua brièvement comment il avait quitté la vouivre à l'arrivée de l'autre serpent, puis il pressa ses amis à rechercher l'endroit où les enfants étaient retenus. Il valait mieux ne pas perdre de temps si le charme était d'une durée limitée.

Les trois hommes longèrent le tunnel sur plusieurs dizaines de mètres avant d'en entrevoir enfin le bout. Ils s'y dirigeaient avec prudence quand ils entendirent, de plus en plus audibles, des voix d'enfants qui riaient.

— Oh, mon Dieu ! C'est mon petit Gaston ! s'écria tout à coup Fernand Besançon. Je suis quasiment certain d'avoir reconnu son rire parmi les autres. Il a le même rire lumineux que sa mère.

— En tout cas, il n'est pas tout seul, se réjouit Flibus. Nous approchons du but.

• • •

Pendant ce temps, dans le marais, la vouivre était toujours sous le charme du miroir, contemplant son apparence passée sous un rayon de lune. Non loin de là, le gros serpent avait vite perdu la trace de sa proie et était revenu dans les parages pour explorer son nouveau territoire. Profitant de cette vaste étendue, il se faufila allègrement entre les herbes et passa tout près de l'arbre où était la vouivre. Sa présence ne sembla pas la perturber, sans doute parce qu'elle était sous l'emprise du charme, mais peut-être aussi parce qu'ils avaient l'habitude de se côtoyer dans le marais. D'ailleurs, en contournant l'arbre, le serpent s'approcha étrangement du miroir et le bougea en se frottant à lui du long de son corps. La vouivre se déplaça légèrement pour suivre le mouvement, mais le miroir finit par basculer à plat sur l'herbe. Ne voyant plus son reflet, elle sortit alors de son état d'envoûtement. Le temps de retrouver ses esprits, elle tourna la tête pour chercher son escarboucle avant de lancer un rugissement effroyable qui fit taire sur-le-champ les cris environnants des animaux nocturnes.

• • •

Flibus et ses deux compagnons arrivèrent dans une grotte souterraine illuminée de mille éclats. Ils n'avaient pas la moindre idée de l'origine de cette lumière, mais elle leur fit découvrir un lieu magnifique aux parois multicolores. Par-ci par-là se trouvaient des stalactites et des stalagmites de différentes tailles. Néanmoins, ils ne se laissèrent pas attirer par la beauté de la grotte. Ils n'étaient pas venus dans ce but. Seules les voix d'enfants retenaient leur attention. Ils les entendaient toujours très clairement, mais avec toutes ces cavités environnantes, il était bien difficile de dire d'où elles provenaient. Ils convinrent rapidement que la meilleure chose à faire était de se séparer pour inspecter les lieux. Ils cherchèrent sans relâche dans les moindres ouvertures, sur les hauteurs, dans la partie la plus basse. La voix du père du petit Gaston s'éleva tout à coup :

— Je les ai trouvés !

L'émerveillement et le bonheur illuminèrent le visage de Fernand Besançon alors qu'il découvrait son fils, assis en compagnie d'autres enfants approximativement du même âge. Ils étaient installés dans une cavité, visiblement heureux et en parfaite santé. L'endroit était bien éclairé, légèrement en contrebas de la partie principale de la grotte. Sans plus attendre, il se laissa glisser sur la roche pour aller les rejoindre, mais dès qu'il voulut entrer dans la cavité, il se cogna contre une sorte de mur d'eau qui forma une ondulation à son contact. Une grande frustration s'empara tout à coup de lui. Son fils était à quelques mètres seulement et il ne pouvait le toucher, lui parler, le prendre dans ses bras ! Il le voyait bien, vêtu de sa chemise de nuit comme les autres enfants, mais le plus troublant, c'est qu'aucun d'eux ne semblait avoir remarqué sa présence.

— Gaston, c'est papa ! dit-il en faisant des signes désespérés.

Flibus arriva au même moment, découvrant à son tour les enfants.

— Qu'y a-t-il ?

— Je ne sais pas. Il y a quelque chose qui bloque le passage. Mon fils est là avec les autres enfants, mais ils ne me voient pas et ne m'entendent pas. Écoutez-les rire et s'amuser. C'est comme si nous n'existions pas pour eux.

Légèrement en hauteur, Flibus se tourna et signala leur présence à Corsarez, qui s'approcha rapidement. Le temps d'être informé de la situation, le marin d'origine hispano-aztèque expliqua :

— L'escarboucle pourra peut-être libérer ce passage comme avec la roche. Tenez, attrapez-la !

Fernand Besançon avait à peine attrapé la pierre précieuse que le mur d'eau qui fermait l'entrée s'évanouit effectivement sans qu'il ait eu le temps de se retourner. Ce fut à ce moment seulement que son fils et les autres enfants réagirent à sa présence. Tous accoururent alors vers lui d'un air joyeux. Le petit Gaston sauta prestement dans les bras de son père, sans montrer la moindre inquiétude d'avoir été loin de ses parents durant plusieurs heures. C'était comme si les autres enfants et lui n'avaient eu aucunement conscience de l'endroit où ils se trouvaient et du temps qu'ils y avaient passé.

— Bon, filons d'ici, vite ! pressa Flibus tout en descendant à leur niveau. Mieux vaut ne pas rester trop longtemps dans cet endroit.

Fernand Besançon demanda aussitôt à tous les enfants de sortir, mais il préféra garder son fils dans ses bras pour être sûr de ne plus le perdre. Flibus s'assura alors de guider le petit groupe jusqu'à Corsarez, puis ils se dépêchèrent de regagner l'entrée du tunnel. Malheureusement, le temps de contourner les différents obstacles, ils entendirent soudain un grondement, suivi d'une importante secousse qui entraîna la chute de plusieurs stalactites. Les trois hommes eurent à peine le temps de mettre les enfants à l'abri sous une voûte. Mais le danger ne fut toutefois pas écarté, car l'instant d'après, des pierres volèrent en éclats depuis les hauteurs. La vouivre apparut brusquement depuis l'ouverture et descendit très vite avec toute sa férocité pour bloquer aussitôt l'accès au passage souterrain.

Alerté, Flibus se dépêcha de prendre l'escarboucle de la main de Fernand Besançon et s'écarta du groupe en criant vers la créature :

— SI C'EST ÇA QUE TU VEUX, ALORS VIENS LE CHERCHER !

La tentative de diversion sembla fonctionner, puisque la vouivre se mit à le suivre vers le fond de la grotte, ce qui permit à Corsarez et Fernand Besançon de s'engouffrer dans le tunnel avec les enfants. Arrivés près de la sortie, ils attendirent alors patiemment le retour de leur ami muni de l'escarboucle, seule capable de déplacer le rocher donnant sur le bois.

De son côté, Flibus tentait désespérément d'échapper à la vouivre lorsqu'il glissa sur une surface recouverte de mousse et se cogna sur les rochers. Il atterrit lourdement en contrebas en perdant à la fois son sabre et la pierre précieuse, qui roula sur quelques mètres avant de s'arrêter au bord d'un précipice. Le temps de se relever, légèrement étourdi par sa chute, il chercha à les récupérer, mais la vouivre jaillit au même moment de nulle part et le força à se coucher tout près du trou béant. Cette fois, le jeune marin ne vit pas comment il allait pouvoir s'en sortir. La créature était là, juste au-dessus, les ailes largement déployées, prête à se jeter sur lui pour le mettre en pièces. Il pouvait voir toute sa rage dans son regard. Sa gueule grande ouverte dégoulinant de bave exhibait des crocs tranchants comme mille couteaux. Il n'y avait aucune issue pour lui échapper.

Se sentant enfin dans une position dominante face à sa proie, la vouivre laissa sortir un puissant rugissement en battant vigoureusement des ailes. Dans son mouvement, elle frappa la paroi et créa un léger éboulement. Cette secousse fit trembler une grosse stalactite devenue très instable depuis son passage forcé à travers la voûte. Voyant la chute imminente de ce pieu de pierre, Flibus réagit rapidement et se saisit de l'escarboucle. Au même moment, la stalactite se détacha et tomba directement sur la vouivre. Elle la projeta vers le bas, tandis que Flibus roulait sur le côté pour ne pas se faire écraser. Il vit alors la créature frapper le bord du précipice, puis basculer dans le vide en laissant échapper une longue plainte.

• • •

Flibus put enfin rejoindre ses amis et les enfants restés dans le tunnel. Grâce à l'escarboucle, ils parvinrent à déplacer la pierre-qui-vire, puis ils regagnèrent le village. En les voyant arriver de loin, les habitants accoururent en grand nombre à leur rencontre, dont la maman du petit Gaston, qui avait cru ne plus jamais revoir son fils. À côté d'elle, les parents de la petite Pierrette furent émerveillés en reconnaissant leur fille. Elle n'avait pas du tout changé depuis trois ans, comme si le temps n'avait eu aucun effet sur elle. Ils la serrèrent aussitôt dans leurs bras et pleurèrent de joie tellement leur bonheur était intense. Au fond de leur cœur, ils avaient toujours cru qu'elle était en vie quelque part, même si le doute s'était souvent interposé.

Pour les autres enfants, par contre, les retrouvailles se présentèrent de façon plus délicate. Personne ne sut les reconnaître, à l'exception de la doyenne du village, qui découvrit soudain le visage de sa sœur disparue depuis plus de soixante-dix ans. Cette terrible tragédie l'avait hantée toute sa vie, au point de la rendre méchante et aigrie. Elle n'avait, depuis ce jour, plus jamais versé une seule larme. Mais les sanglots si longtemps refoulés éclatèrent subitement, alors qu'elle étreignait sa sœur dans ses bras. Sa joie était si forte, son cœur si généreux tout à coup, qu'elle s'adressa à tous les parents du village pour les convaincre d'offrir une nouvelle vie de famille aux autres enfants.

Flibus et ses amis ne cachèrent pas non plus leur émotion en assistant à ces retrouvailles. Mais les surprises ne s'arrêtèrent pas là quand, à leur grande stupéfaction, ils virent un homme arriver au loin dans un habit de moine. Ils comprirent aussitôt qu'il s'agissait du frère Ernesto et allèrent à sa rencontre. Lui aussi avait été victime du sortilège de la vouivre, qui l'avait métamorphosé en serpent comme le professeur de Boer. Ce dernier eut d'ailleurs rapidement écho des nouvelles par l'intermédiaire de sa femme. Il s'en réjouit, bien sûr, et avant le départ des marins pour l'île des Sages avec le frère Ernesto, il les remercia vivement au nom de sa famille et souhaita tenir un instant l'escarboucle entre ses mains.

La nuit fut très courte pour tous, ce qui n'empêcha pas les villageois d'organiser une grande fête dès le lendemain pour souligner l'heureux événement. Flibus et ses compagnons s'y joignirent bien volontiers, puis ils reprirent la voie des airs au courant de la journée. Ils n'avaient pas trouvé de raison de rester plus longtemps, dans la mesure où le sanctuaire de l'ordre des Sages était devenu inaccessible. L'important, somme toute, avait été de retrouver le professeur de Boer et le frère Ernesto, ainsi que l'escarboucle devant permettre aux moines de faire revenir leur trésor au monastère.

À leur retour sur *La Fleur de lys*, leurs amis les accueillirent en véritables héros pour cet exploit, même s'il n'y avait pas eu de trésor à la clé. Ils étaient convaincus d'avoir encore à vivre d'autres découvertes tout aussi riches. À ce propos, quelques jours plus tard, Ratasha eut la surprise de retrouver son précieux journal intime. En se réveillant, elle le découvrit tout près d'elle, recouvert d'un joli ruban accompagné d'une carte anonyme disant : « Avec mes regrets les plus sincères. Signé : une amie très haut placée qui vous veut du bien. »

Flibus et ses amis restèrent toutefois très curieux de voir la récompense promise par le père Bernardo. En arrivant à l'île des Sages, ils se laissèrent guider par le frère Ernesto en empruntant un passage qui leur évita les désagréments de la première fois. Grâce à l'énergie de l'escarboucle, les moines purent ainsi rapatrier le trésor disparu jusqu'au monastère. Les marins méritants se virent alors offrir, à leur plus grand étonnement, une fiole contenant une eau de source de vie.

Mais avant leur départ pour de nouvelles aventures, le père abbé ne manqua pas de leur rappeler d'utiliser cette eau à bon escient, vu sa faible quantité.

Ian Flibus
L'écumeur des mers

DANS LA MÊME COLLECTION

ISBN 978-2-89595-301-2

ISBN 978-2-89595-302-9

ISBN 978-2-89595-303-6

ISBN 978-2-89595-293-0

ISBN 978-2-89595-379-1